IT'S MY LIFE

마이 라이프

잇츠 마이 라이프 **5**

초판 1쇄 인쇄일 2022년 03월 16일 | **초판 1쇄 발행일** 2022년 03월 23일

지은이 초촌 | **펴낸이** 곽동현 | **담당편집 팀장** 이범수
편집부 정요한 최훈영 조혜진

펴낸곳 (주)조은세상 | 출판등록 제2002-23호
주소 서울특별시 동작구 동작대로1길 27 5층
TEL 02)587-2966 | FAX 02)587-2922
E-mail bukdu@comics21c.co.kr

초촌ⓒ2022
ISBN 979-11-391-0573-5 | ISBN 979-11-391-0352-6(set)
값 8,000원

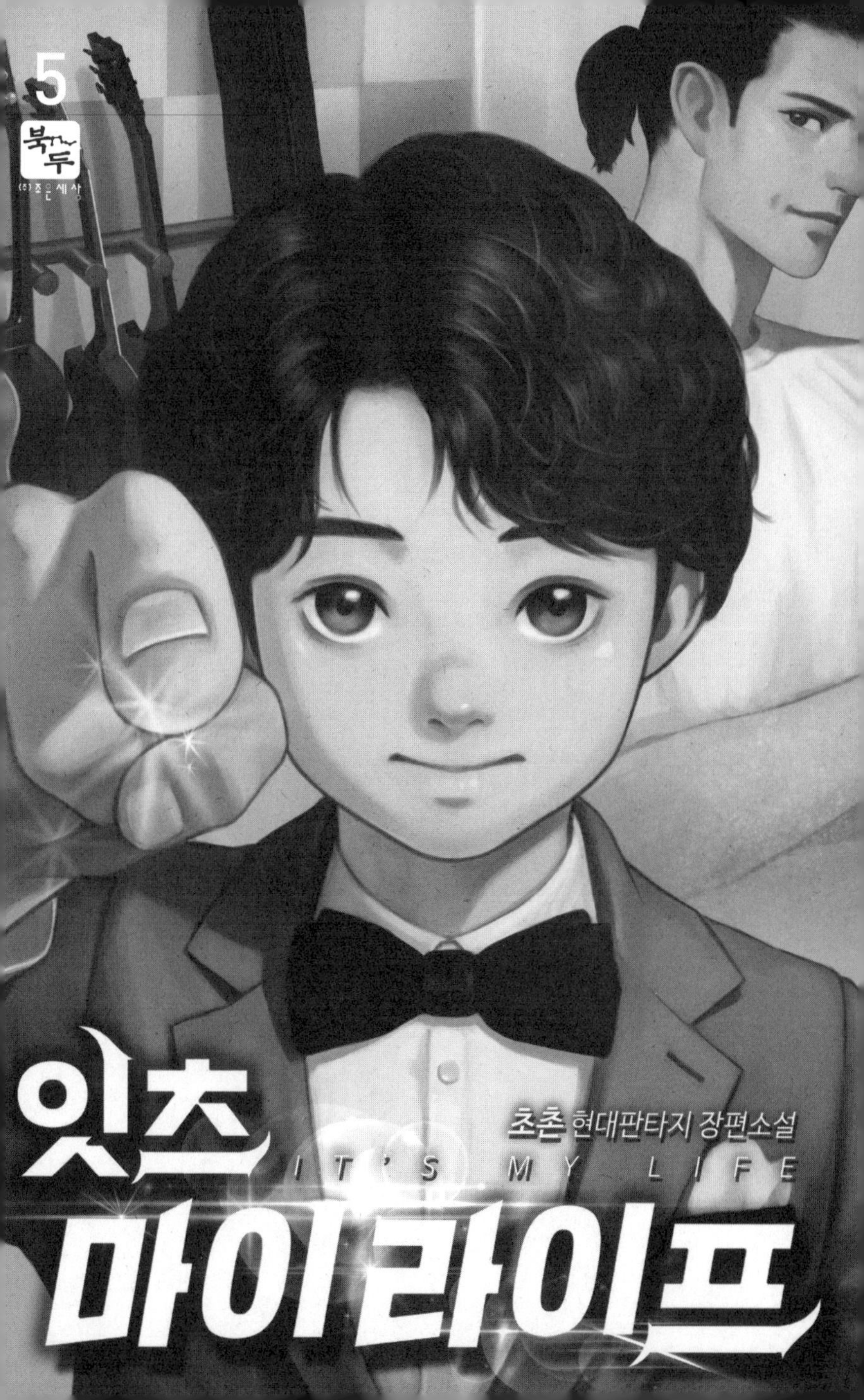
5
북두
(주)좋은세상
잇츠 마이라이프
IT'S MY LIFE
초촌 현대판타지 장편소설

초촌 현대판타지 장편소설

MODOERN FANTASY STORY

CONTENTS

Chapter 33

Chapter 33

진격의 명절을 보내고 한결 좋아진 얼굴로 다시 모인 식구들은 오필승 엔터테인먼트란 울타리 안에서 차근차근 성장의 시간을 보냈다.

조형만과 이상훈은 저수지 건설에 들어갔고 남은 시간 일산이나 기타 등지를 돌며 분위기를 봤다. 신인들은 매일 모여 연습하고 서로의 세계를 공유했고 우리에게 부족한 댄스 부문은 김연이 어디에서 찾아냈는지 댄스팀을 연습실을 대여해 주는 대가로 구했고 그들에게 레슨을 받았다. 음악다방 카프카는 성황리에 개업식을 마쳤다.

이후 연일 만석 행진이라.

오필승 빌딩 앞은 카프카에 들어가려는 사람들로 인산인해, 진행 요원을 따로 두어 관리해야 할 정도였다.

아무래도 조용길의 출연이 큰 성공 요인이었는데 획기적인 셔틀버스 운행도 한몫했고 그동안 버스킹으로 인지도를 쌓아 놓은 가수들도 제법 거들었다. 카프카 내부에 전시할 LP는 김연의 레코드가게를 털어 배열했는데 큰손의 강림에 아내분이 행복의 비명을 질렀다고.

온갖 경품 행사를 벌였다. 방송사와 가까워 귀한 연예인들도 자주 출몰하는지라 입소문은 순식간, 더구나 오필승 빌딩의 외관이 천편일률적인 사각형과는 달라 어느새 여의도의 랜드마크로서 떠오르고 있었다.

나도 내 사업관에 대해 어느 정도 가다듬을 수 있었다.

자못 심각했던 것과는 달리 결론은 별게 없었다.

오필승 엔터테인먼트를 메인으로 가되 곁가지로 쓸어 담을 수 있는 건 죄다 먹기로 한 거다. 미리 말한 것처럼 이런 결정을 했다고 행보 자체가 달라진 건 아니었다. 범세계적으로 놀 생각은 애초부터 없었고 원래 가던 길을 가는 중인데 조금은 덜 흔들리게 됐다나 뭐라나?

노파심도 부리고 처녀 시집 안 가겠다는 것처럼 우기기도 했지만, 시시때때로 변하는 의식의 흐름은 당사자이지만 당사자인 나도 아직 버거울 때가 많았다.

아무튼 대원칙을 세우고 난 후부터 한결 가벼워짐.

"모든 게 순조롭군."

"대운아! TV 좀 봐 봐."

순항 중인 배 안에서 올해 말까지 해야 할 일들을 차근차근 정리하고 있는데 문이 벌컥 열리며 이학주가 들어왔다.

그는 다짜고짜 TV부터 틀었고 또 잔뜩 심각해진 표정으로 내 옆에 섰다.

≪긴급 속보입니다. 지난 8일, 17박 18일 일정으로 아시안, 오세아니아 6개국 순방을 목적으로 출국한 우리 사절단이 폭탄 테러를 당했습니다. 버마(미얀마) 랭군시내 아웅산 묘소를 참배하던 중 터진 폭탄에 수십 명이 죽고 수백 명이 다치는……. ≫

아직 정확한 사상자 명단은 나오지 않았다고. 어떻게 이런 일이 벌어질 수 있었냐며 뉴스의 관심사는 오로지 대통령의 안전 여부였다.

이게 이때였던가?

"어떡하냐. 큰일 났다. 우리 대통령도 거기 있었을 텐데."

"……."

"다 죽은 모양이다. 이러다 또 전쟁 나는 거 아니냐?"

"……."

"대통령이 죽으면 어떻게 되는 거야? 우리나라가 또 어떻게 되는 거야?"

가뜩이나 심란한데 옆에서 너무 시끄럽다.

"전쟁 안 나니까 그만 좀 앉으세요."

"엉?"

"전쟁 안 난다고요."

"뭐라고? 네가 그걸 어떻게 알아?"

"왜 몰라요. 이번에 전쟁 났다간 세계 3차대전인데 누가 그 걸 두고 보겠어요. 전쟁 안 나요. 그러니까 좀 진정하세요."

"대통령이 죽었는데도 안 난다고?"

"안 죽었어요."

"……!"

"그러니까 휘둘리지 말고……."

"대운아."

갑자기 착 가라앉은 목소리라 흠칫한 나도 얼른 이학주와 시선을 맞췄다.

"예, 말씀하세요."

"전쟁은 어느 날 불현듯 터지는 거야. 낙관해선 안 돼. 전 쟁은 인간이 인간을 죽이기 위해 총력을 동원하는 거라고. 이 번에 전쟁 터지면 싹 다 죽는 거야. 이게 얼마나 무서운 일인 줄 알아?"

"……."

"난 다 봤다고. 저놈들이 우릴 어떻게 죽이는지. 얼마나 악

랄한지. 그런데 넌 어떻게 단정 지을 수 있지? 당장 대통령의
생사도 모르는데."

아차!

이학주의 나이라면 전쟁의 기억이 있을 수 있었다. 태어났
을 시점이 광복 직전일 테니까.

순전히 내 실수였다.

나만 아는 상식으로 잣대를 댔으니 전쟁을 겪은 이들에겐
너무도 개념 없게 들렸을 것이다. 얼른 사과했다.

"죄송해요. 제가 말이 너무 앞섰어요."

"그야…… 아니다. 그것보다…… 넌 어떻게 대통령이 살아
있다 확신하지?"

내가 회귀할 때까지도 잘 먹고 잘살아서요. 라고는 못 하니.

"명이 짧은 얼굴이 아니에요. 온갖 욕을 다 먹어서 그런지
저승사자도 피해갈 강운이 함께 하고 있어요."

"대통령이?"

"네."

"후우…… 무슨 말도 안 되는…… 아니, 그 말이 진짜면 그
나마 다행이긴 한데."

"혼란은 없을 거예요. 다만 전쟁을 하냐. 전쟁이 되냐로 치
열한 각축전이 일어날 거예요."

"전쟁을 하냐? 전쟁이 되냐? ……그 말은 어째 허락 없인
전쟁도 없다는 것 같은데. 맞냐?"

맞다.

허락 없이는 전쟁도 없다.

지금 세계는 두 명의 짱이 진영을 나눠 지배하는 중이다.

아무리 열 받아도 그 짱들에게 전쟁해도 되겠냐고 허락받지 않는다면 도리어 공격당할 수 있었다. 그래서 더 전쟁은 멀었다.

게다가 두 짱은 이미 KAL기 격추 사건부터 ICBM 탐지 오류로 핵 발사 직전까지 가 본 적이 있던 터라 잔뜩 예민해진 상태였다. 이럴 때 한반도 전쟁이라니 절대 용납할 수 없는 일일 것이다. 두 짱도 잃을 게 많으니까.

"여차하면 수뇌부를 제거해서라도 막을 거예요."

"뭐라고?!"

"그렇다고요. 우리나라는 아무것도 할 수 없어요."

"말도 안 돼. 그러면 우린 누가 때려도 맞고만 있어야 하는 거냐?"

분격한다.

심정은 이해 가는데 이 사람도 좀 한 가지만 했으면 좋겠다. 아까는 전쟁이 무서우니 뭐니 잔뜩 얼어붙더니.

어쨌든 나도 이학주와의 대화 덕분에 정신이 번쩍 들었다.

이후 일어날 일이 시간 순서대로 머릿속을 스치며 날을 세웠다.

이러고 있을 시간이 없었다.

"잠시만요. 전화 한 통 쓸게요."

"어, 어 그래."

"신 비서님, 급히 만나고 싶은데…… 알겠습니다. 바로 갈
게요."

일어났다.

"어디 가는데?"

"극비예요. 한 5년 지나면 말씀드릴게요."

"……."

멍해진 이학주를 두고 강희철과 함께 약속 장소로 갔다.

신 비서가 차량 앞에서 기다리고 있다가 문을 열어줬다.

"어서 타십시오. 강 경사님은 여기까지입니다. 대면 후 다
시 모시고 올 테니 대기해 주십시오."

"예? 하지만……."

머뭇대는 강희철의 손을 잡아 줬다.

"괜찮아요. 조금만 기다려 주세요. 금방 다녀올게요."

"예, 알겠습니다."

신 비서는 나를 태우고는 서울 시내를 한참 돌아 어느 주택
가로 들어갔다. 평범한 집 주차장으로 들어갔는데 노태운이
이 집에 있단다.

"따로 마련한 안가입니다. 비밀을 요하는 일이라 어쩔 수
없었습니다."

신 비서의 해명과 함께 노태운이 반갑게 다가왔다.

"왔나. 우째 잘 지내고 있었나?"

"예, 그때 뵙고 이제야 뵙네요. 잘 지내셨죠?"

"하하하하, 내는 괜찮지. 간간이 네 소식 듣고 있었다. 잘 지낸다고."

"예."

"자, 앉아라. 신 비서야. 우리 대운이 먹이게 주스 좀 가 온나."

"넵."

신 비서가 오렌지 주스를 한 잔 가득 채워 왔다.

"무라. 급하게 오느라 갈증 났을 텐데."

"예."

마시는데.

"무면서 들어라. 니캉 내캉 만나는 것도 어쩌면 오늘이 마지막일 수도 있겠다."

"……!"

"니도 뉴스 봤겠지만 잘하면 전쟁 터지게 생겼다. 군부 강성 놈들이 이 일을 절대로 두고 보지 않을 끼다. 사달이 나도 단단히 나는 기다. 오늘 만남을 허락한 건 저기 부산으로 피난 가라고 알려 주기 위해서다. 딴 거 생각하지 말고 할매 모시고 당장 부산으로 가거라. 거기서 관망하거라."

순간 어쩌면 이것이 정부의 공통적인 판단일 수도 있겠다는 느낌이 들었다.

전쟁을 기정사실로 받아들인 것.

틀린 결정은 아니었다.

정부 수반에 테러를 가했다는 건 다른 말로 선전포고니까.
사라예보 사태도 결국 이와 비슷한 맥락이었다.

하지만 내가 노태운에게 달려온 건 이런 말이나 들으려는
게 아니었다.

눈앞에 앉은 이 사람은 이 시국, 아예 존재감이 없는 게 제
일 좋았으나 매국노 때려잡으면서 역사는 이미 변했다. 굳이
평범 코스프레를 할 이유는 없었다.

이때를 기회로 반드시 얻어야 할 것도 있었고

이왕지사!

변했다면 챙길 건 확실히 챙겨야 했다.

"전쟁 안 터져요."

"웅?"

"대통령도 살아 있고요."

"뭐?!"

소파에 기대 있던 노태운의 허리가 고무줄처럼 튕겨 앞으
로 나왔다.

"지금 뭐라 카노. 대통령이 살아 있다고?!"

"예."

내 단호한 대답에 도저히 믿기지 않는다는 표정을 짓더니
다시 허리가 스르르 뒤로 갔다.

"폭발에 휩쓸렸다 카던데……. 살아 있다고?"

"예."

"니 그거 어디서 들었노?"

"어디서 들은 게 아니에요. 저도 뉴스 보고 여기로 제일 먼저 달려왔는데요."

"그럼 어떻게 단정 짓노? 가가 살아 있는지."

"아직 죽을 운명이 아니에요. 그 사람 천수를 누려요. 흔한 병도 하나 안 걸리고."

"허어……."

이걸 믿어야 하는지 말아야 하는지 고민하는 기색이 역력했다.

그나마 다행이었다.

이 사람이 이만큼이나 갈팡질팡한다는 건 그동안 쌓아 놓은 내 신뢰도가 제법 된다는 소리니까.

그러나 아직 멀었다.

"전쟁도 안 일어나요. 잠시 시끄럽게 떠들다가 흐지부지해질 거예요."

"뭐?! 전쟁이 안 나?! 백번 니 말이 옳아 가가 살아 있다 카더라도 전두한이가, 내가 아는 그 전두한이가 그 꼴을 당하고 가만히 있는다고? 아아, 그렇구나. 많이 다치면 그럴 수도 있겠구나."

"아니요. 털끝 하나 안 다쳤어요."

"뭐?! 아니, 니가 그걸 어떻게……. 아니, 아이다. 그게 문제가 아이고 진짜 털끝 하나 안 다쳤다 치자. 그런데도 가가 가만히 있는단 말이가?"

"예."

"대운아, 니 가가 어떤 아인 줄 아나? 당한 건 반드시 복수해야 직성이 풀리는 아다. 그런 아가 뒈질 뻔했는데 참는다고?"

"참아야죠. 전 대통령처럼 제거되기 싫으면."

"엉? 그 말은…… 설마 또 미국이가?"

"반항은 있어도 결국 미국 말을 들을 거예요. 흔한 국지전조차 벌어지지 않을 테고요. 그러니 걱정하지 마세요."

"하이고……. 이게 예언이가 뭐꼬."

"예언 아니에요. 지금 국제 정세가 전쟁을 원하지 않아요. 소련이나 미국이나 돌발 변수를 싫어해요. 아! 일본은 제외하고요. 걔들은 한반도에서 전쟁 나면 특수를 누리니까요."

"……."

"……."

"……."

"……."

"……."

"……."

"그래서 우짜라고?"

"대통령이 한창 핀치에 몰려 있을 때 한 번 만나 주세요."

"엉? 내가?"

19

"흐르는 판이 이래요. 한 대 맞았으니 되갚아 주고 싶은데 동네 짱들이 못 싸우게 해요. 잘못 싸웠다간 동네 짱들한테 먼저 맞게 생겼어요. 그렇다고 딱히 해법은 없고 분통은 터지는데 어떻게 해도 체면이 안 서요. 따르는 애들 보는 눈도 있는데 말이죠. 잘못했다간 지도력 부재로 찍혀 나갈 판일 거예요."

"가만……. 잠깐만잠깐만. 니 말이 다 맞다고 치자. 가가 안 죽고 진짜 전쟁이 안 일어난다면, 처맞았는데 대장이 반격할 생각조차 안 한다면……. 하이고야, 동생들이 진짜 싫어하겠꾸마."

"진퇴양난일 때 가서서 명분을 주세요. 그러면 엄청 고마워할 거예요."

"어떻게?"

귀 기울인다.

"어떻게 하냐면요……."

버마에서 온갖 굴욕을 당하고 서둘러 귀국한 전두환은 당장에 전쟁부터 일으키려 하였다. 또 국민의 여론도 전쟁 쪽으로 이미 가닥을 잡고 있었기에 하려면 얼마든지 할 수 있었다.

그러나 미국이 나서며 정권이 뿌리째 흔들리자 곱게 마음을 접는다. 분노보단 정권 유지가 그에겐 더 크니까. 그게 정통성 없는 정부의 한계니까.

하지만 이 일은 그에게도 시사하는 바가 무척 컸다.

유사시 평양부터 박살 낼 무기가 우리 손에 없다는 것.

그동안 미국만 믿고 있었는데 저렇게 반대하니 아무런 행동조차 못 한다. 그 좋은 무기들을 한 발도 못 쏘는 것이다. 유명무실. 아무 소용 없다는 것.

이때 절실히 깨닫는다.

우리에겐 우리의 무기가 있어야 함을.

그렇게 백곰 미사일을 떠올리게 된다. 사거리 180km의 순수 우리 기술로만 제작한 희대의 미사일을.

자기 손으로 없앤 그것을 꺼내 연구·개발·완성한 것이 바로 앞으로 대한민국의 국방을 책임질 현무 미사일이었다.

물론 당연하게 이도 또 미국이 발목을 잡는다.

한국이 독자적으로 미사일 개발에 열 올리자 한미 미사일 지침을 꺼내 제재했고 그것도 모자라 1990년엔 민간 로켓 개발까지 제한해 2001년 개정 때까지 우리나라 로켓 연구는 제자리걸음을 걸어야 했다.

그걸 막아야 했다. 이왕 변한 역사, 우리가 유리한 쪽으로 트는 게 맞았다.

전쟁도 투자도 협상도 결국 명분이 중요하다.

명분.

명분이 없다면 논리도 없고 논리가 없다면 체제는 무너진다. 그렇기에 미국은 반드시 우리의 요구를 들어줄 수밖에 없었다.

눈을 빛내는 노태운을 보는데 혹시나 이런 생각도 들었다.

만일 전두한이 아웅산 묘소에서 폭사했다면 우린 어떻게
됐을까?

6.25가 재현됐을까?

테러에 눈이 돈 군부가 정말 포격을 강행했을까?

정말 포격했다면 황해도, 북 강원 쪽은 흔적도 없이 초토화
됐을 것이다. 우리도 경기도 강원도 일부가 피해를 볼 테고.
화들짝 놀란 소련과 미국이 달려와 전면전은 벌어지지 않겠
지만, 그 피해는 또 국민이 고스란히 짊어져야 했겠지.

이후 벌어질 일도 뻔했다.

대규모 혼란 수습과 북한의 위협을 빌미로 군부의 누군가
가 나서서 집권했을 테고 이는 또 군부의 세력을 더욱더 공고
히 시킬 명분이 되어 민주화는 10년 더 뒤로 밀렸을 것이다.

'으음…… 그런데 민주화가 전부 다 옳은 건 아니잖아.'

대통령 직선제만 몇 년 밀려도 IMF는 겪지 않아도 된다.

모르겠다.

어떤 길이든 일장일단이 있겠지.

◇　◆　◇

해외 순방 17박 18일 일정이고 뭐고, 각 나라 수장과의 회
담이고 나발이고 식겁한 전두한은 다음 날로 김포 공항으로
돌아왔다.

그의 무사 귀환 소식에 국민은 환호했고 허무하게 가 버린 이들을 애도하였다.

그러든 말든 그가 가장 처음 한 일은 국무 회의 소집이었다.

이후 일어난 일련의 행위는 예상과 같았다.

정부 조사단을 출범, 사후 수습과 사건 조사를 위해 버마에 급파, 낙후된 의료 시설에 감금 아닌 감금된 부상자들을 한국으로 옮겨 국립 의료원에 입원시켰고 버마 정부도 조사를 위한 '5인 특별 조사 위원회'를 구성, 한국을 도왔다.

한국-버마 합동 조사단은 한국이 승인한 사망자 16명의 유해를 한국으로 보냈고 버마 경찰은 관련자 1명을 체포, 1명은 사살, 1명은 도주 중이라고 발표, 북한의 소행임을 입증할 증거를 확보했다 밝혔다. 이때 마침 서울에서 열린 IPU 총회에서는 KAL기 사건과 관련하여 소련의 규탄 및 보상 요구 5개항을 채택하였고 경제 단체도 발 빠르게 순직한 유자녀를 위해 장학금 20억 원을 모금…… 나중에 비리의 온상이 될 일호 재단의 모태를 만든다.

안기부도 4개 간첩망에서 16명의 간첩을 검거, 정부는 긴급 조치로 11개 부처 장관급 개각을 단행한다.

약 열흘간의 급박한 행보로 나라가 어수선해졌다.

세계가 주목했고 앞으로 벌어질 일에 대한 온갖 억측을 배설하듯 쏟아 내었다.

쾅

"어떻게 할 거야?!"

"······."

"······."

"······."

"······."

"왜들 말이 없어. 내가 죽을 뻔한 거 몰라?! 오호라, 내가 거기서 칵 죽어 버렸으면 좋겠다는 건가?! 이 개새끼들이 진짜!"

묵묵부답인 국무 위원 및 장관급 인사를 보며 길길이 날뛰나 정무는 사실상 마비된 거나 다름없었다.

경제, 외교, 재무, 과학 기술을 담당하는 인재들이 한 방에 폭사한 마당에 국무 회의라고 멀쩡할 리가.

그러나 더 쪼일 데 없는 볼트·너트도 일단 더 조이고 보는 게 군인 정신이다.

쾅

"이 새끼들. 왜 아무 말 없어! 죽고 싶어?! 진짜 내 손에 죽어 봐야 정신 차릴 거야?!"

탁자를 두드리는 거로도 모자라 권총까지 뽑아 겨누었다.

모두가 기겁한 가운데 윤성호 국방부 장관만 허리를 꼿꼿

이 세우고 대통령과 시선을 맞췄다.

전두한은 결국 그를 지목했다.

"성호야."

"넵, 각하."

"우리 애들 어떻게 하고 있나."

"명령만 내려 주십시오. 1시간 내 전군 동원이 가능합니다."

"그래? 그렇단 말이지."

그나마 마음에 드는 대답인지 전두한의 권총이 스르르 내려갔다.

하지만 윤성호 국방부 장관은 그의 생각보다 훨씬 더 과격했다.

"각하, 더는 미루지 마시고 믿고 맡겨 주십시오. 60만 국군이 300만 예비군이 오로지 각하의 명령만 기다리고 있습니다. 이참에 거슬리는 북괴 놈들 싹 밀어 버리고 통일하시지요."

"통일……이라고?"

"미국 놈들에게 딱 한 가지만 받아 오시면 됩니다."

"뭐지?"

"전시 작전권입니다."

"……."

전시 작전 통제권.

한반도 유사시 군의 작전을 통제할 수 있는 권리.

아쉽게도 지난 30년간 신탁 통치에 가깝게 미국과 엉겨 붙어 온 한국은 평화 시의 권리만 보유하고 있을 뿐 전쟁을 위한 전시 작전 통제권은 가지고 있지 않았다. 전쟁 시 미국인인 주한 미군 사령관이 우리를 통제한다.

전쟁을 일으키기 위해선 주한 미군 사령관의 허락이, 즉 미국의 허락이 있어야 했다.

"씨벌."

국방부 장관이 이 사실을 모를 리 없었고 전두한도 잘 알았다.

열 받는다고 군을 마음대로 움직였다간 한미 동맹이 위험해진다. 아니, 한국의 중요성을 아는 미국이 한국을 놓을 리 없으니 정권을 날려 버릴 것이다.

소태 썹은 표정이 된 전두한에게 윤성호 국방부 장관은 군 내부의 분위기를 알렸다.

"적극적인 도움이 아니더라도 묵인까지는 받아 주셔야 합니다. 장성들의 움직임이 심상치 않습니다. 당장에라도 들고일어날 것 같습니다. 각하께서 돌아오지 않으셨다면 이틀 안에 전쟁이 터졌을 겁니다."

"크음……."

앓는 소리가 나나 이도 결국 본인이 해결해야 한다는 걸 전두한은 잘 알았다.

한 대 맞았으니 반드시 한 대 날려야 한다.

이는 단순히 군의 문제만이 아니었다. 정치건 경제건 무엇이건 공격당했다면 합당한 보복 없이 끝낼 순 없었다. 그건 곧 조직의 유지와 관련됐으니.

그러나 상대는 미국이다. 초강대국 미국.

"미 대사를 불러라."

"옙."

비서실장이 나간 지 얼마나 됐을까.

진즉 대기하고 있었던지 늑장 부리기로 정평 난 미국 대사가 30분도 안 돼 도착했다.

급히 들어오는 리처드 워커는 전두한을 보고 미사여구 없이 본론부터 던졌다.

"안 됩니다."

"뭐요?"

"지금 생각하시는 거 안 됩니다."

이 새끼가.

"내가 지금 무슨 생각을 하고 있다고 오자마자 그따위 망발이오."

"뻔하지 않습니까. 귀국하자마자 전체 소집이면."

"이 사람 이거 안 되겠구만."

"그래도 안 됩니다."

"그래서 내가 쳐들어간다면?"

"안 됩니다."

"지랄은. 쳐들어갈 거니 그리 아시오."

"절대 불가입니다."

"씨벌 새끼가. 너네 대통령이 테러당해도 그따위로 말할래!"

순간 고함치는 언사에 통역이 움찔.

리처드 워커도 반쯤 알아들었지만 피 한 방울 나오지 않을 것 같은 표정으로 단호히 선을 그었다.

"전쟁은 절대로 불가입니다."

"지랄 마 새끼야. 지금 국무 회의 중이야. 전쟁포고문부터 작성할 거야. 그런 줄 알고 있어. 그리고 그렇게 전쟁하기 싫으면 너희는 빠져."

"한국군은 협정에 의해 전쟁 시 미군이 통솔하게 돼 있습니다."

"한번 해 봐. 너희부터 박살 내 줄 테니까."

리처드 워커는 난감했다.

으름장 몇 번이면 허리부터 숙이는 소국의 프레지던트가 오늘만은 너무 막무가내였다.

하지만 자신도 백악관 1급 지령을 받았다.

전쟁을 막아라.

전쟁이 일어난다면 자신의 경력은 여기에서 끝난다. 독하게 마음먹은 리처드 워커는 오히려 더 강하게 나갔다.

"오래 살고 싶지 않으신 모양입니다."

"씨발너미. 나도 죽이려고? 한번 해 봐! 내가 너부터 죽여 줄 테니까."

들썩들썩

옆구리에 찬 권총에 손이 가려 한다.

흠칫한 리처드 워커는 얼른 전두한을 달했다.

"싸우자는 게 아니지 않습니까. 이 땅에 전쟁이 일어나면 안 됩니다. 부디 평화를 깨지 마십시오."

"씨벌 새끼야. 평화를 내가 깼어? 이 개새끼야. 내가 죽을 뻔했어. 내 새끼들이 수십 죽어 나갔어. 이래도 가만히 있으라고. 왜? 전쟁 나면 옷 벗어야 할 것 같냐."

"그건……."

"꺼져 이 새끼야. 너 같은 새끼랑 같은 방에 있다는 것도 역겹다."

축객령에 비서실장이 움직였고 나가지 않으려 했지만, 힘에 밀려 나갔다. 그러면서도 리처드 워커는 다시 경고했다.

"이 일을 두고 보지 않을 겁니다. 다시 말합니다. 군을 움직이지 마십시오. 움직였다간 다 끝입니다!"

"비서실장, 빨리 내보내. 저 새끼랑 한시라도 더 있다간 아구창 날릴 것 같으니까."

"넵, 각하."

쫓겨나면서도 뭐라고 계속 떠드는 리처드 워커에서 눈길을 거둔 전두한은 골치가 아파져 관자놀이를 짚었다.

일단 내지르긴 했는데 진퇴양난이다.

뭐라도 보여 줘야 하는데.

저 개놈의 미국이 반대하여 아무것도 못 할 판이다. 이대

로 눌렀다간 부하들에게 무능한 허수아비로 찍힌다. 그랬다
간 자신이 최규아에게 그랬듯 누군가가 나서겠지.

"이래나 저래나 다 죽게 생겼어."

억울함이 치밀었다.

어찌 이런 일이 벌어졌을까.

잘 지냈고 매국노 때려잡으며 지지율도 고공행진인데 빌
어먹을 놈의 북괴가 발목을 잡았다.

미국은 동맹국으로서 적극 도와줘도 모자랄 판에 미사일
한 방 날려 주지 않고 도리어 전쟁 일으키면 죽이겠다고 협박
하고.

그동안 우리가 미국을 얼마나 빨아 댔는데, 저 암내 나는
미국 대사 놈에게 들어다 바친 게 얼마인데.

"남의 새끼는 믿을 수가 없어. 내 것이 필요해. 내 것이."

버튼 하나에 평양을 불바다로 만들 만한 것이 있어야 했다.

그러나 가진 거라고 해 봤자 기껏해야 곡사포나 자주포 정도.

탱크로 민다 해도 언제 평양까지 갈까. 전쟁을 오래 끌면
중공과 소련이 참전한다. 어설프게 덤볐다간 이 나라는 진짜
끝장이다. 재수 없으면 핵이 떨어질지도 모르고.

그럴수록 저번에 버린 것이 아까웠다.

"씨벌, 그걸 포기하는 게 아니었는데."

백곰 미사일.

그 미사일의 사거리가 떠올랐다. 그거 오십 발이면 평양은

무주공산이 될 텐데. 그때 밀고 올라가면 반드시 이길 수 있는데.

그 좋은 걸 미국의 달달한 꼬임에 넘어가 폐기해 버렸다.

너무 억울했다.

"안 되겠어. 다시 만들어야겠어. 우리 미사일을, 우리가 우리 마음대로 쏠 수 있는 놈으로 다 무조건 만들어야겠어."

어차피 전쟁은 안 된다. 미국이 저렇게 서슬 퍼렇게 반대하는데 무슨 용가리 통뼈라고 싸울 수 있을까.

군을 움직이는 순간 자신은 죽는다. 설사 죽이지 않는다 한들 전쟁이 마무리되는 순간 어떤 식으로든 반드시 죄를 물을 것이다. 어디 이름도 모를 감옥에 평생 처박아 둘지도 모르고.

그런 건 싫었다.

죽을 둥 살 둥 바닥을 기면서도 기어코 이 자리를 차지한 건 영세토록 무궁히 누릴 영광 때문이었지 비참한 결말을 원해서가 아니었다.

그래서 더 문제였다.

"얘들을 어떻게 설득하지?"

길길이 날뛸 장성들을 생각하면 눈앞이 깜깜했다.

미국이 막아서 전쟁이 안 된다고 하면 오히려 기름을 붓는 격이다. 전쟁하지 않더라도 누구의 의견이 아닌 자신의 판단에 의해 또 납득할 만한 이유에 의해서야 한다.

그게 제일 문제였다.

31

"명분이 없어. 명분이."

그때 문이 열리며 비서실장이 들어왔다.

왜?라고 쳐다보니.

"각하, 노태운 위원장이 긴급히 뵙기를 청합니다. 곤란하시면 돌려보낼까요?"

"태운이가? 내 지금 바쁜 거 안 보이…… 아이다. 불러들여라. 함 만나 보자. 지도 무슨 생각이 있어 들어왔겠지."

"넵."

비서실장이 나가고 10초도 안 돼 노태운이 들어왔다.

전두한은 마뜩잖은 표정으로 노태운을 맞았다.

"오셨소."

"아이고, 각하. 몸은 괜찮으십니꺼?"

"괜찮소. 근데 내 길게 시간 못 빼드리오. 지금 정신이 없어서."

"아, 예. 그럼 본론부터 꺼내겠습니더."

"그러시오."

"방금 워커 대사가 다녀가지 않았습니꺼?"

"봤소?"

전두한의 눈길이 대번에 예민해졌다.

감시하고 있었냐는 투.

노태운은 바로 인정했다.

"당연히 지켜보고 있었지요. 각하께서 돌아오신다는 얘기를 들은 뒤로 줄곧."

"허어……."

기가 찬다는 표정이 나왔다.

감히 나를 감시해? 라는 표정도.

그러든 말든 노태운은 말을 이었다.

"그 새끼. 전쟁에 반대했지예."

"……!"

"노한 각하를 상대로 위협도 했을 낍니더. 그 쉐리들이 하는 짓이 항상 똑같지예."

"크으음, 그래, 결론이 뭐요? 내 바쁘다는 거 말했잖소."

울컥 올라오는지 전두한의 감정이 격해지자 노태운은 맞서지 않고 오히려 유들유들하게 빠져나갔다.

"방법은 하나밖에 없습니더."

"?"

"미국 아새끼들이 전쟁을 반대하면 때려죽여도 전쟁이 안 됩니더. 근데 우리 아새끼들은 전쟁을 원하지예. 옳게 안 풀어 가면 누가 각하를 따르겠습니꺼."

순간 자기도 모르게 가슴을 움켜쥔 전두한이었다.

너무 아팠다.

너무도 정확히 핵심이 찔렸다.

이 새끼가 죽으려고.

으르렁대려는데.

"어차피 전쟁은 못 합니더. 그렇다고 아새끼들 그냥 놔뒀
다간 근간이 흔들립니더. 곰곰이 생각해 봐도 사면초가라.
이 노태운이가 각하께 달려온 거 아닙니꺼."

"그 말은…… 방법이 있다는 얘기 같은데."

"완벽한 건 아니더라도 체면 정도는 차릴 방법이 있지예."

"그래요?!"

전두한의 눈썹이 올라갔다.

독기 잔뜩 든 표정이 순식간에 사하라에서 일주일을 헤맨
사람처럼 절박해졌다.

노태운은 속으로 웃었다. 이 자식이 이렇게 매달리는 것도
참으로 오랜만이고 꼬마 놈의 예측이 완벽하게 맞아 들어가
는 것도 너무 신기했기 때문이었다.

하지만 시간을 끌진 않았다. 줄 때 제대로 줘야 빚을 지우
니까.

내뱉었다.

"한미 미사일 협정."

"……?"

"사거리 180km, 탄두 중량 500kg으로 묶인 걸 이 기회에
푸십시오."

"……그게 무슨 소리요?"

"미사일 안 필요하십니꺼? 평양 박살 낼."

"필요하오."

자기도 모르게 대답한 전두한은 아차 싶었지만, 이왕지사 이렇게 된 것 노태운을 조금 더 믿어 보기로 했다.

"내 지금 심정이 그렇소. 백곰 미사일 폐기한 거 아주 후회하고 있소."

"지도 그렇습니다. 그거 있었으면 지금쯤 평양이 불바다 됐을 텐데."

노태운이 호응하자 전두한은 왠지 가슴 한구석이 시원해지는 느낌을 받았다.

"맞소. 억울해 죽겠는데 리처드 워커 그 새끼는 도와주지는 못할지언정 죽고 싶냐고 위협했소. 나 원 참, 기가 막혀서."

"그래요?! 그 개새끼가 감히 그런 말을 했습니꺼? 오히려 잘됐심더. 그라믄 이참에 미국 대사도 갈아 달라고 하이소."

"엉?"

"명분은 각하께서 쥐고 있다 아입니꺼. 죽음에서 살아 돌아왔는데. 이 사태를 방조하고 개인의 보신에만 집착한 주한 미국 대사에게 엄중한 죄를 물으시고 미사일 협정을 사거리 1000km까지 늘려 달라 하십시오."

"1000km요?!"

"물론 반대하겠지예. 아니, 반드시 반대할 낍니더."

"나도 그렇게 생각하는데 어떻게 얻으란 거요?"

"일이 한 번이 어렵지. 두 번 세 번은 쉽다 아입니꺼. 또 당할 수도 있을 노릇인데 그때는 진짜 죽을 수도 있습니다. 미국에 당당히 요구하십시오. 동맹국을 이따위로 대접해도 되겠냐. 그래도 계속 반대하면 언론에다가 대서특필하십시오. 미국은 한국이 죽어도 전쟁을 반대할 거라고. 한국의 인재들이 죽어 나갔음에도 미국은 도와줄 생각조차 안 하고 있었다고요. 이러려면 동맹이 무슨 필요가 있냐고요. 그라믄 백악관에서 알아서 날아올 낍니더."

"오호라, 그 수가 있었소? 그래, 그러고 나서는요."

"실무 협상이 올 텐데. 그때 우기십시오. 어차피 승인해 줘도 지금은 못 만드는 거 아입니꺼. 이게 명분입니더. 북괴 전역을 사정거리에 놓아야 우리도 전쟁 안 할 명분이 생기고 여차하면 중공까지도 견제해 줄 수 있다는 걸 넌지시 짚어 주십시오. 안 해 주면 한미 동맹을 파기하든지 전쟁하겠다 카믄 됩니더."

"허어……."

아까와는 전혀 다른 탄식의 한숨이었다.

노태운이 이 정도였던가.

하긴 어릴 적부터 총명하긴 했다. 그러고 보니 노태운은 한 번도 자신을 실망시킨 적이 없었다.

이런 사람을 왜 그리 멀리했을까? 이렇게 충성스러운 자를.

위기가 와야 충신과 간신이 구분된다더니.

노태운을 밀어낸 원흉들이 떠올랐으나 전두한은 애써 지웠다. 지금은 상황에 집중할 때였다.

"태운아."

"예."

"친구로서 말할게."

"예."

"오늘 여러 가지로 후회막심이다."

"……."

"내 조만간 모든 걸 원래대로 되돌릴 끼다. 와서 내 좀 도와
도고."

"그건 걱정 마이소."

"알았다. 며칠만 기다리라. 내 곧 불러올릴게."

게임 셋.

◇ ◆ ◇

전격적인 개각이 단행됐다.

전두한은 사람을 뽑는 김에 기존을 확 물갈이해 버렸는데
역사와는 달리 노태운을 국무총리로 올렸다.

깜짝 소식에 많은 이들이 의문을 드러냈고 저항도 만만치
않았는데 특히나 전두한의 최측근들이 심한 우려를 표명했
다. 괜히 호랑이 키우는 거 아니냐고.

그때마다 밀어붙이며 전두한은 노태운에 대한 신뢰를 드
러냈다.

"놔둬라. 내가 정했고 본인이 하기 싫다는 걸 부득불 시킨

거다."

"각하 그래도…….."

"어허, 1년만 하고 물러날 거다. 자기가 그리 약속했어. 내
정이 안정을 찾을 때까지만 하고 깨끗하게 나가겠다고. 이 정
도면 됐잖아."

"아…… 그런가요?"

"1년 뒤엔 당으로 가 헌신할 거다. 이것도 태운이가 원한
거고. 그러니까 더 건들 생각 마라. 일하는데."

"알겠습니다."

"빨리 미 대사나 불러라."

"예."

본디 협상이란 지지부진하게 끌수록 힘없는 쪽이 아쉽기
마련이었다.

상대가 강할수록 번갯불이 콩 구워 먹듯 후두두 빨리빨리
움직여야 원하는 걸 얻는 법.

노태운과 입을 맞춘 전두한은 리처드 워커를 불러 다시 으
름장을 놓으며 미국이 그래서 어떻게 해 줄 건데란 질문을 던
졌고 계속 이딴 식이라면 가만히 안 있겠다는 의사를 명확히
표명했다. 당장 다음 날까지 답신을 받아 오라고.

그리고 보란 듯 군에 준비태세를 명령했다.

난색을 표한 리처드 워커는 그나마 전두한을 협상 테이블
에 나오게 했다는 점에 만족하고 본국에 지급 송신.

그러나 돌아온 대답은 '노'였다.

이후 벌어진 일은 아주 난잡해졌다.

전두한이 대국민 발표를 해 버린 것.

대한민국 대통령을 죽이려 한 테러범이 주적 북괴인 것을 확인했음에도 또한 실제로 각 부처의 수장들이 떼거리로 죽은 사건을 목전에 두고도 미국은 조금도 움직일 생각이 없고 도리어 우리의 희생만 강요하고 있다며 언론플레이가 들어갔다.

죽은 사람만 억울한 거냐며 과연 우리가 미국을 믿을 수 있는지 또 미국이 자유 진영의 수호자라 말할 수 있는지 한국의 혈맹인지 너무도 의심스럽다는 발언과 함께 이런 식이라면 한미 동맹을 존속시킬 이유가 없다는 말을 강력하게 내뱉으며 압박했다.

옳다구나였다. 동북아의 긴장감이 최고조에 달했다.

일본은 한국에서 곧 전쟁이 날지도 모른다며 좋아했고 이걸 기회라 본 미국 민주당은 한국의 손을 들어주며 레이건 정부를 규탄했다.

사건은 일파만파로 퍼져 나갔고 일찌감치 세계의 수호자란 뽕에 잔뜩 취해 있던 미국인들도 현 정부를 질타하기 시작했다. 빨갱이에게 처맞고 쫀 거냐고.

여론을 이기지 못한 백악관은 결국 협상 테이블을 차렸다.

"이제 됐다. 기세가 넘어왔으니 확실히 해야 한다."

"걱정 마이소. 지가 미국 놈들 탈탈 털어서 결과를 가져오겠습니더."

노태운이 직접 협상팀을 조직하고 진두지휘에 들어갔다. 일각에선 외교부 장관을 두고 왜 국무총리가 나서냐는 말이 나왔는데 노태운은 나라 지키는데 부처가 어디 있고 남녀노소가 따로 있냐며 정면 돌파해 버렸다.

한 달이라는 지루한 협상이 이어졌고.

그 끝에 사거리 800km, 탄두 중량 2톤이라는 합의를 이끌어 냈다.

실리와 명분을 모두 챙긴 청와대는 나이스를 외쳤고 미국에선 에어포스원이 활주로를 달렸다. 대외적으로는 동북아 안보 및 경제 협력을 위한 순방이었지만 협정서 사인이 메인이었다.

이틀간 한미정상회담이 청와대에서 열렸고 어차피 밀어붙이기로 한 것 레이건 대통령은 휴전선까지 방문하는 쇼맨십을 발휘했다. 공식이든 비공식이든 앞으로 미국 외교관은 북한과의 접촉을 전면 취소한다는 발언과 함께.

다음 날 미국은 한국군 전투력 증강 지원 등을 위한 '한미 안보 공동 성명'에 서명했고 이 결과물을 방송을 통해서야 뒤늦게 파악한, 자기들도 미사일 사거리를 늘려 달라며 반발하는 일본을 레이건은 닥치라고 뭉개 버렸다. 한국이 다 견제할 텐데 왜 너희까지 지랄이냐고. 월월월. 깨갱 깨갱 깨갱.

세상이 숨 가쁘게 흘러가고 있을 때 우리 오필승 엔터테인먼트엔 반가운 사람이 한 명 찾아왔다.

박선호였다.

J&K의 생산과장이자 파워스의 레시피 담당자.

그가 환한 미소로 선물을 들고 왔다.

"디자인과 캔의 형식은 지시하신 대로 전부 완료했습니다. 보시면 그때 주신 양식과 크게 달라지지 않았고 내용물의 차이만 있습니다."

"……맛을 보라는 거군요."

뜬금없이 책상 위로 캔 세 개나 올려놓기에 나눠 마시라는 줄 알았다.

어디 보자.

캔의 패키지는 전에 준 파워스 디자인과 확실히 비슷했다. 조금 더 세련되게 발전시킨 것 같고…… 캔 세 개를 하나씩 살펴보는데 마음에 들었다. 눈에 확 띈다.

"근데 벌써 시제품이 나왔어요?"

"완벽 가동은 아니지만, 시험 가동 정도는 충분히 할 수 있습니다."

"정말요?"

"사실 쾰른 시에서도 무척 놀라고 있습니다. 삽 든 지 석 달 만에 작게나마 제품을 출시할 정도가 됐으니까요."

무슨 일이 벌어지고 있는 건지.

놀라운 일이었다.

토목 공사만 봐도 꽤 시일이 걸릴 텐데 언제 이렇게까지 해 냈는지.

"교민들의 도움이 아주 컸습니다. 서독 인부들은 퇴근 시 간이면 바로 집으로 돌아가는데요. 우리 교민들이 밤낮없이 거들어 주셔서 간신히 외형은 갖췄습니다."

"이런 경우는 '간신히'라고 표현하면 안 되죠. 원더풀이라 고 해야죠. 경이로울 정도예요."

"아하하하하, 맞습니다. 저도 그렇게 생각합니다."

"세 개 다 맛을 보면 되죠?"

캔을 집었다.

"네, 공정한 심사를 위해 제 사견은 일절 배제하겠습니다."

"알겠어요. 마셔 볼게요."

하나씩 까서 맛을 봤다.

어떤 건 조금 달고 또 어떤 건 향이 너무 강했다. 모두 탄산 을 넣었는데 나도 옛날 레드볼을 마셨던 기억을 총동원해 최 대한 비슷한 맛을 찾아냈다.

"중간 걸로 가죠."

"아! 중간 것이요?"

살짝 놀란다.

"왜요?"

"사실 저희 내부적으로는 첫 번째 것이 좋다는 판단이었습니다."

"서독 사람들에게 먹여 봤어요?"

"아……. 아직 거기까진 안 가 봤습니다."

그렇군.

"그럼 시음회를 열어 보세요. 남녀노소 다 불러 놓고. 물론 타겟층을 잊어선 곤란하겠죠?"

"10대 말입니까?"

"네, 전체를 불러서 평가받는 것처럼 하되 실제로는 10대들의 입맛에 유념하세요."

"아……."

또 멈칫한다.

"또 왜요?"

"이건 그냥 제 사견인데 정말 피로 회복제가 10대들에게 통할 거라 보십니까?"

"피로 회복제 아니에요. 에너지 드링크 파워스예요."

"아, 죄송합니다."

퍼뜩 허리를 숙이지만, 설명이 더 필요할 듯 보였다.

개발자의 확신이 없는 제품은 시작부터 망조일 테니.

"박 과장님."

"예."

"학교에서 시험 쳐 본 기억 있으시죠?"

"그야…… 있습니다."

"그때 제일 스트레스가 뭐였어요?"

"스트레스라면 당연히 성적에 대한 압박입니다."

"맞아요. 성적이죠. 학생의 영원한 적. 그런데 그 성적을 잘 나오게 하려면 방법이 있나요?"

"제가 알기로 없습니다. 책상 앞에 오래 앉아 있는 수밖에."

"맞아요. 공부하는 수밖에 없죠."

"맞습니다."

그래서 뭐? 라는 표정이었다.

"파워스는 10대들의 필수 음료가 될 거예요. 아! 그렇다고 대놓고 공략하진 마세요. 학부모들에게 공격당하니까요. 일단 상점에 다 깔아 놓고 시험공부 하는 대학생, 연구하는 과학자들을 자주 보여 주세요. 암시를 주는 거죠. 그러면 그들이 알아서 접근할 겁니다. 정말 파워스를 마시면 저렇게 될까? 하고요. 그중 몇몇 애들은 효과를 보겠죠. 자기들끼리 입소문도 내고요. 졸음도 안 오고 정신이 번쩍 들 테니까요."

"아……."

"이제 무슨 뜻인지 아시겠죠? 전 연령층을 공략했다간 이도 저도 안 됩니다. 그런 건 자리 잡고 나서 천천히 보여 줘도 돼요. 우리의 기반은 무조건 10대입니다."

"알겠습니다. 바로 전달하고 양산 계획부터 잡겠습니다."

정중한 인사와 함께 돌아가는 박선호를 보는데 일이 잘되는 것과는 별개로 왠지 모를 감개무량을 느꼈다.

방심은 하지 않았다지만 내년 초에나 완공할 거라 봤던 공장이 단 석 달 만에 돌아가고 있었다. 그것도 모자라 시제품까지 훌륭하게 가져왔다.

수정할 점은 정말 수정할 점에 불과했다. 대세에는 지장이 없었고 당장 출시해도 될 정도.

너무 좋았다.

"대단하네. 제대로 올인했나 봐."

강신오를 필두로 우리 직원들이 어떤 생활을 하고 있는지 보지 않아도 알 것 같았다.

뭐라도 힘이 돼 주고 싶은 마음이라.

그러니까 무엇이 좋을까.

금전적인 면은 강신오가 알아서 할 테고 지금쯤 가장 절실한 것이 무엇일까.

"내가 해외에서 제일 힘들었던 건 역시…… 먹는 건데."

다른 식재료들은 어찌어찌 맞춘다지만 김치, 된장, 고추장은 답이 없다. 묵은지에 돼지고기 푹푹 넣은 김치찌개는 한국인에게 국룰이고.

"그래, 한국 식재료들을 보내자. 제대로 된 거로."

박선호는 일주일 뒤 출국이다.

그 전에 전라도라도 좀 다녀와야겠다. 안 그래도 요즘 한창 김장 시즌이기도 하고.

"잘됐다. 시기도 딱 맞아."

그럼 누구에게 도움받을까.

한 방에 딱 떠오르는 얼굴은 지군레코드 사장이었다. 그가 가진 전국적 라인이라면 김치나 고추장, 된장쯤은 충분히 공수 가능하겠지.

쪼르르 달려가 지군레코드 사장을 만났다.

내 애길 곰곰이 듣던 그는 오히려 잘됐다며 같이 가자 하였다. 안 그래도 호남 총판이 난리인데 가서 달래 줘야 한다고.

다음 날로 출발했다.

이때는 서해안 고속 도로가 없던 시절이라 경부선을 타고 천안까지 내려가서 다시 대전으로 그 아래로 내려가는 길을 잡았다.

휴게소도 한 번 들르고 했는데 나는 컨디션이 급격히 나빠지는 걸 느꼈다. 확실히 여물지 않은 몸이라 몇 시간씩 봉고차를 타는 건 좋지 않았다. 냄새도 안 좋고.

빨리 도착했으면 하는데 이쪽 길이 서툰 조형만이 그만 길을 잘못 빠져나갔다.

"아이, 그리로 가면 안 된다고 했잖아. 아까 옆길로 빠졌어야지. 이러면 또 빙 둘러 가야 한다고."

"아이고, 사장님. 그 길이 다 그 길 같아서 그렇죠. 무슨 표시라도 있어야 구분하겠는데 저 초행길이라고요. 그리고 아까 그 길로 급하게 틀었다간 사고 났다고요. 뒤에 차가 얼마나 가까이 붙었는데요."

아!

무너져 가는 가운데 정신이 번쩍 들었다.

맞다. 지금은 없는데 2020년에는 있는 것.

조형만의 말대로 도로에 무언가 표시돼 있었다면 이런 실수는 없었을 것이다. 갑작스러운 끼어들기에 의한 사고도 미연에 방지하고 내비게이션이 없는 이때라면 더더욱 실효성이 크겠지.

노면 색깔유도선.

봐도 봐도 헷갈리는 길에 분홍색이든 초록색이든 칠하는 순간 길 찾기는 간단해진다. 깜찍한 아이디어.

그랬다. 나도 어느 퀴즈쇼 프로그램에서 본 적 있었다. 이걸 만든 사람이 한국 도로 공사의 누군가라고. 이런 걸 만들어 놓고도 인정은커녕 쓸데없는 짓 한다며 핍박을 받았다고. 성공적인 걸 봤으면서도 보상 하나 변변치 않았다고.

인색한 놈들.

체크 사항이다.

그렇게 한 번 눈뜨고 나니 지금은 없는 것들이 더 잘 눈에 띄었다.

예를 들어, 건널목 차양막이나 파란불 끝날 때를 알려 주는 숫자판이나 간이 속도계나 과속 방지턱이나 온 세상이 노다지였다.

'아무래도 우리 홍식이 형이 출장 한 번 더 다녀와야겠는데.'

이중 빨리해야 할 것만 몇 개 추렸다.

그사이 목적지에 도착했고 호남 총판이라는 중년의 남자가 버선발로 뛰어와 지군레코드 사장을 잡았다. 나는 인사만 하고 그가 잡아 준 객실에 몸을 뉘었다.

나머지는 어른들이 알아서 하라지.

나는 쉬어야겠다.

다음 날 마을 하나를 빌려 김치 오백 포기를 주문했다. 된장, 고추장도 항아리째 옮겨 담았고 젓갈도 홍어도 잔뜩 주문해서는 지군레코드 사장에게 부탁했다. 서울로 올려 보내 달라고.

산해진미가 있음에도 먹지를 못했다. 여독이 풀리지 않아 맥을 못 췄고 이틀째가 되어서 겨우 회복했지만 바로 기차 타고 올라가 버렸다. 너무 힘들어서.

며칠 쉬며 컨디션 조절이 됐을 때쯤 박선호의 출국할 날이 왔고 준비한 짐을 비행기에 화물칸에 실어 보냈다. 일본 항공사에도 특별히 요청했는데 돈까지 꽤 지불한 터라 박선호가 확인만 해 주면 되었다.

최선을 다했다.

부디 좋아했으면 좋겠다.

"……."

각설하고.

곧 연말이었다. 우리를 포함 대한민국 기업인들이 가장 바뺄 때가 다가온다.

하지만 나의 시련은 끝나지 않았다.

이 중요할 때 여름내 저 북쪽 어딘가에 짱박혀 있던 동장군의 기지개 한 방에, 제 시절 맞았다며 날린 잽 두 방에 근 일주일을 감기 몸살로 앓아누웠다.

촉발 요인은 아마도 전라도 출장일 확률이 높았지만 사실 앓을 때도 됐다.

올 4월 회귀 후 장장 7개월을 쉬지 않고 달려왔다. 그 덕에 가만히만 있어도 먹고 살 걱정이 없어졌긴 한데 무리한 건 사실이다.

할머니의 극진한 보살핌 아래 신나게 앓았고 자리를 털고 일어났을 땐 벌써 12월 초입이라.

1983년의 마지막 달에 진입했다.

다사다난했던 1983년을 돌아보며 한결 가벼워진 몸으로 출근했는데 회사는 나 없이도 잘만 돌아갔다. 조용길 연말 콘서트 기획이니 뭐니 바쁘게 오갔고 방송사 연말 시상식과도 일정을 맞추느라 정신이 없었다.

카프카는 연일 만석이고 연습실에는 무용단인지 댄스팀인지 사람들이 차지하고는 격렬하게 몸을 움직이고 있었다.

살짝 소외감이 드는 터라 할 수 없이 신인들 연습하는 곳으로 갔다.

그러나 금세 미간을 찌푸리고 발을 멈출 수밖에 없었다.

"으음, 또 예전으로 돌아갔네."

흔히들 쿠세(く せ)라고 한다.

버릇이고 습관을 가리키는 일본어인데.

고무줄이 제자리로 돌아가려는 성질처럼 자기도 모르게 자기가 편한 상태로 돌아가려는 요상한 습성을 말했다.

첫머리부터 부정적이듯 쿠세에 관해선 어느 분야든 좋다는 사람이 없었다. 예를 들어, 투수가 공 던지기 직전 나오는 쿠세에서 구종이 파악되고 유도 선수의 작은 쿠세에서 어떤 공격이 들어올지 알려지고 복싱도 태권도도 어느 종목이든 경쟁이 필수인 곳에서 쿠세는 적에게 힌트를 주는 행위였다.

가수도 마찬가지였다.

당장에 어떤 결과물이 나타나진 않겠지만, 결과적으로 비호감으로 돌아서는데 결정적인 역할을 한다.

이 계통에서의 쿠세란 보통 '나 노래 잘해' 같은 의기양양이나 우쭐대는 마음에서 시작하는데 자꾸 무엇을 첨가하는 버릇을 말했다. 첨가물이야 늘 그렇듯 약간일 때는 양념처럼 어느 정도 용인될 수 있겠지만 되지도 않게 많이 뿌리게 되면 음식 자체를 망친다. 곡 전체의 분위기를 흐리고 몰입도를 방해하고 종래엔 듣기 싫게 만든다.

간혹 개성이 오히려 정통을 압도하는 친구들이 있긴 있었다. 그런 건 정말 극소수이고 그마저도 처음엔 '와~'라고 박수치지만 금세 질린다.

이래서 프로듀싱이 중요했다.

날것은 날것일 뿐.

산짐승의 야성이 멋진 것 같지만, 실상 들여다보면 온갖 기생충에 덕지덕지 붙은 진드기에 오물투성이에 구린내 천국이다.

그것들을 씻겨 내고 겨우 사람 만들어 놨더니만.

"다시 더러워졌네."

물론 어제 발 씻었다고 오늘 안 씻을 순 없는 노릇이지만 그만큼 가르쳐 놨으면 어느 정도 절제할 줄도 알아야 하는데 실망이었다.

"형."

"어, 왔어?"

"그 대목에서 그렇게 부르지 말라고 했잖아요. 왜 또 마음 대로 돌아갔어요? 곡을 살려야죠. 형을 살리면 어떡해요? 둘 다 죽는다고요."

"어, 그게……."

"지금은 왠지 뿌듯하고 엄청 좋은 것 같죠? 단 5년만 지나도 내가 그때 왜 그렇게 불렀을까 이불을 찰 걸요. 10년이 지나면 모두가 외면하는 곡이 되고요. 제발 좀 곡에 집중해 주세요."

엄마도 아니고 언제까지 등짝 스매싱을 날려야 하는지.

"누나도 그냥 매끄럽게만 불러요. 더 넣을 생각 말고요. 원래 심심한 게 오래 가요. 양념 덕지덕지 묻은 걸 사람들이 좋아하는 것 같죠? 아니에요. 금세 질려요. 누나는 음색으로만 승부해도 충분해요. 왜 좋은 음색을 망치려 하죠? 누나 목소리 끝내주잖아요."

같이 모여서 연습하는 게 꼭 시너지를 일으키는 것만은 아니었다.

썩은 사과가 다른 사과를 썩게 한다.

아무래도 대원칙을 하나 세워 줘야 할 것 같았다.

"다들 모이세요."

그래도 자기들이 잘못한 건 아는지 우물쭈물 쭈뼛쭈뼛 모였다.

먼저 별국화부터.

"형들, 자꾸 화음에 집착하는데 화음에 몰두하지 마세요. 형들은 그거 없어도 돼요. 인건이 형 음색 안에 숨은 슬픔만 끄집어내도 최고의 앨범이 나올 거예요. 욕심나서 그런 줄은 알겠는데 자꾸 이것저것 끼워 넣으니까 카페에서 노래 부를 때보다 오히려 퇴보했잖아요. 퇴보라고요."

"아아…… 그 정도였어?"

전인건이었다.

"형은 형 목소리에 자신감을 가지고 좀 더 집중해야 해요. 얼마나 보물 같은 목소린데 자꾸 다른 걸 탐내요. 더 연마해서 좋은 소릴 낼 생각을 해야지."

"내 목소리가? 다들 꽥꽥 소리만 지른다고 싫어하는 것 같은데."

"소리만 꽥꽥 지르면 누구든 싫어하죠. 근데 형이 그런 건 아니잖아요. 누구 말도 들을 것 없어요. 자신감 있게 내질러요. 형 속에서 무슨 말을 하는지 집중해서 말이죠."

"어어어…… 진짜…… 진짜로 그것만 하면 돼?"

"날 믿어요. 앞으로 이 대한민국에서 형 목소리보다 센 사람은 나오지 않을 테니까. 누가 감히 전인건한테 이래라저래라 해요."

"정말?"

"나 못 믿어요?"

"아니아니, 믿을게. 나도 이제부턴 계속 내 목소리만 연마

할게. 나 열심히 할게."

"믿어도 돼요?"

"응, 믿어도 돼."

에고가 강한 사람도 자기가 인정한 사람에게만큼은 조심한다.

내가 전인건에게 그랬고 전인건에게 나는 그런 사람이었다.

이제 김현신이었다.

슥 다가가니 움찔한다.

"형, 형은 들어 보니까 목을 막 쓰는 것 같던데 왜 그런 거예요?"

"어? 응?"

"혹시 허스키 보이스 만들려고 하는 건 아니죠?"

뜨끔.

"어떻게 알았어?"

"계속 담배 물고 목 긁고 이러고 다니는 거죠?"

"……맞아."

"혹시 허스키 보이스가 부러워요?"

"……응."

이때만 해도 김현신의 보이는 미성에 가까웠다. 조금 더 남성미가 넘치는 음악을 하고 싶은 모양인데 방법이 틀렸다.

이럴 땐 비유가 좋겠다.

"돌아다니다 보면 가끔 아주 멋진 어르신을 만날 때가 있

57

지 않나요? 노인이면서도 무척 세련된 분들 말이에요."

"멋진 어르신?"

"예, 생활에 찌들어 살아가는 법에나 익숙해진, 요리조리 눈치나 빠한 그런 노인들 말고요. 기품 넘치고 세월의 깊이가 느껴지는 진짜 어른들 말이에요."

"어……. 나도 전에 한 번 본 적 있는 것 같아. 맞아. 그 할아버지가 참 멋졌어."

"그럼 형은 어떤 어른이 되고 싶어요?"

"나야 당연히…… 어!"

뭔가 눈치챈 느낌이라.

"맞아요. 노래도 같아요. 오랜 세월 연습을 통해 자연스럽게 터득해 나가야 깊이가 생기고 존경을 받죠. 막 굴리면 도리어 가수 생명이 깎여요. 그런 걸 원해요?"

"아……. 이게…… 이런 거였어?"

"형의 재능이라면 충분할 거라 봤는데. 왜 이렇게 조급해해요? 꼭 피를 토해야 음이 완성돼요? 절대 아니에요. 내 보기에 형은 형을 좀 더 아껴줄 필요성이 있어요. 그래 주실 수 없으세요?"

"미안해. 내 생각이 짧았어."

반성하는 표정으로 물러서는 김현신을 보다 신영원과 우신실에게 갔다.

앞서 혼나는 걸 봐서 그런지 두 사람 다 침을 꼴깍 삼켰다.

"영원이 누나는 첫마디에 힘주는 버릇부터 고쳐야 할 것 같아요. 그냥 자연스럽게 '아무리 새겨봐도~'라고 시작해도 돼요. 감성이 좋잖아요. 전달력 호소력이 떨어진다 느끼지 마세요. 이 곡은 그렇게 부르는 거예요. 혹 더 들어가고 싶다면 같은 박자에서 힘을 줬다 뺐다 밀었다 당겼다 강약만 조절해 봐요. 호흡을 조금 더 세분하여 불러 보면 괜찮을 거예요."

"신실이 누나는 여기에서 더 짙어지면 재즈로 가야 해요. 누나는 대중가수예요. 실력을 뽐내는 건 재즈 가수들 앞에서 하시고요. 대중 앞에선 대중이 좋아할 만하게 불러야죠……. 아니, 이건 모두에게 해당하는 사항이에요. 내가 하고 싶은 음악을 한다? 그건 집에서도 할 수 있잖아요. 대중 앞에 섰으면 대중을 위해 불러야죠. 그게 대중가수잖아요. 아니에요?"

"알았어. 미안해."

"조심할게. 나도 모르게 그렇게 됐어."

교만이 깨졌는지 다시 낮아진 두 사람을 두고 수와 준에게 갔다.

수와 준 형들은 어느새 두 손 공손히 모으고 있었다.

하지만 수와 준에게는 따로 할 말이 없었다. 잘하고 있으니까.

전체에게 말했다.

"모두 들으세요. 우리에게 노래란 무엇일까요? 그냥 부르면 노래일까요? 그것도 물론 노래죠. 대신 누구도 돈을 주고 듣진 않을 테지만. ……앨범을 내면 뭐 해요? 외면하면 끝인데. 형들의 누나들의 노력이 그렇게 묻히고 싶나요? 아니잖아요. 그러니까 우린 대중가수로서 대중의 입맛에 움직일 필요가 있는 거예요. 노래로 먹고사는 사람들이잖아요."

"……."

"……."

"사랑받고 싶고 인정받고 싶고 형들 누나들이 열심히 노력하는 게 다 그 이유 아니에요? 그러려면 당연히 대중의 인정을 받아야 하지 않겠어요? 대포집에서 부르는 노래에 누가 돈을 써요?"

"……."

"……."

너무 돈돈했나?

반성하는 분위기가 은근슬쩍 언짢은 쪽으로 흘러가는 게 보였다.

기가 찼다.

꼴에 자존심이라고.

비록 전생의 내가 음악 문외한으로 살아오긴 했지만 적어도 이들이 어떻게 살아가고 어떻게 성장하는지는 다 봤다. 그것만도 이들이 지향해야 할 점이 선명하였다.

본래 나도 어느 정도 충고 선에서 물러날까 했다.

하지만 이런 식이라면 그냥은 못 넘어간다.

어디 감히 돈을 무시해. 건방지게.

"자꾸 돈 얘기를 하니까 심기가 불편하세요?"

"……."

"……."

"여러분은 돈이 우스우세요?"

"……."

"……."

"기가 막히네요. 어떻게 나보다 돈 무서운 줄 모르세요? 돈
이 없으면 어떤 일이 가장 먼저 생기는지 정말 몰라요?"

아무 말도 없었다.

다들 아차 하는 표정이 됐지만.

내 심지는 이미 불타 들어가고 있었다.

책상을 내리쳤다.

쾅.

"흘몸들이라 세상 무서운 줄 모르시나 본데……. 돈 없어
서 주변이 망가지는 꼴을 봐야 정신 차리려나 보네요. 당장
근처만 돌아봐도 내 아내, 내 아이들이 아픈데 돈 없어서 치
료 못 하는 가장들이 천지예요. 자기가 아픈 건 아무것도 아
니에요. 내 새끼, 내 아내가 아프면 감당이 안 돼요. 형들은
감당할 수 있을 것 같아요?! 까불지 좀 마세요. 이상의 실현

도 분노의 해소도 다 돈이 있어야 가능한 거예요. 제대로 된 기타 하나 살 돈도 없이 빌빌거리던 때를 잊었어요? 가수가! 대중이 원하는 노래를 불러 주는 게 뭐가 그렇게 어려워요?!"

말을 하며 더 화가 올랐다.

"마음이 태도가 돼요. 연예인은 이미지로 먹고살고요. 솔직하게 산다고요? 솔직한 게 좋지 않겠냐고요? 웃기지들 마세요. 관객은 여러분을 궁금해하지 않아요. 보이는 이미지가 궁금할 뿐이죠. 그러니까 더 나대지 말고 관객의 기대에 걸맞은 행동을 보여 주세요. 대중가수가 감히 돈을 더럽게 봐요? 그런 멍청한 짓은 나는 절대로 안 봅니다. 아니, 어떻게 서독 위문 공연을 겪어 보고도 이딴 태도죠. 정말 실망스럽네요."

나도 선을 넘긴 했다.

그러나 후회는 없었다.

이것도 못 이기고 나가겠다면 고생을 덜 한 것이다. 기꺼이 보내 주겠다. 어차피 나와 부딪힌다면 오필승에서는 오래 갈 수 없으니.

분위기는 싸했다.

나도 지지 않고 똑바로 눈을 마주쳤다. 따르지 않을 거면 나가라 눈으로 말했다.

그때 조용히 김현신이 일어났다.

다가와 무릎앉아를 하며 나와 눈을 맞췄다.

"난 절대로 돈이 우습지 않아. 나와 경희를 구해 준 네 은혜도 잊지 않았고. 이렇게 노래만 불러도 살 수 있게 해 준 너를 내가 왜 거역하겠어. 네가 버리지 않는다면 난 절대 너를 떠나지 않을 거야. 그랬다간 경희에게 맞아 죽을 거야. 그러니까 네가 뭘 시키든 다 할게. 너무 화내지 마. 내가 다 잘못했어. 내가 사과할게."

"……!"

살짝 긴장하고 있었는데.

가슴을 훅 찌른다.

이런 식의 고백이라니.

얼마나 진솔한지 화낸 게 다 민망할 정도였다.

나도 얼른 사과했다.

"죄송해요. 제가 좀 격했어요."

"아니야. 조종하려는 게 아니잖아. 작품 만들려고 정으로 치고 조각도로 깎는 거잖아. 당연히 따라야지. 너는 페이트인데. 어디 가서 페이트의 레슨을 받아."

"……."

내가 말을 멈추자 김현신이 아직 어색해하는 나머지 사람들에게 말했다.

"형님들도 계속 이러고 계실 거요? 우리가 먼저 사과해야죠. 쓴소리도 우리가 잘못해서잖아요. 돈 얘기 좀 했다고 세속적이지 뭐니 몰았다간 저도 화낼 겁니다."

"큼큼, 사실 우리도 이런 분위기를 만들 생각은 없었다고.

돈 때문에 하도 시달려서 좀 민감해졌나 봐. 미안해."

"그래, 나도 모르게 좀 욱했어. 미안해. 욱해 놓고 속으로
는 아차 싶었어. 미안해."

"부끄럽고 민망해서 그랬어. 미안해."

"앞으로 잘할게. 너무 화내지 마. 나 아까 무서웠어."

다들 미안하다고 하는 가운데 김현신이 또 내 손을 잡고 다
른 사람들에게 말했다.

"우리 한번 믿기로 했으면 끝까지 믿고 갑시다. 어딜 가도
천덕꾸러기인 우리를 사람 취급해 준 게 누구요? 누가 이런
연습실을 제공해 주고 누가 이런 돈을 줬어요? 누가 우리 어
깨를 이만큼 올려 줬냐고요? 이 은혜를 배신하면 인간이 아
니죠. 난 그렇게 생각해요. 형님들. 누님, 동생. 오늘 일은 절
대로 잊어선 안 됩니다. 그래야 다시는 이러지 않겠죠."

"알았다. 총괄님 명령이라면 죽는시늉이라도 할게. 나도
진심으로 반성하는 중이야."

"나도 그래."

"알았어. 미안해. 어후~ 한번 잘못 반항했다가 엄청 혼나네."

"그런 말도 하지 말라고 자식아. 아까 마음이 태도가 된다
는 말 못 들었어? 이 마구니 낀 자식아."

"뭐야? 나만 쓰레기야?"

"쓰레기가 여기 있었네. 이놈부터 얼른 치우자."

티격태격.

서로 네가 잘못했니 내가 잘했니 하며 싸우는 걸 보는데 나도 슬슬 화가 풀렸다. 그렇게 입가에 미소가 들어갔나 보다.

"어! 웃었다. 웃었어."

"정말이네! 웃었다. 하하하하하."

"됐다. 됐어. 이제 웃었으니까 용서해 줄 거지?"

우르르 몰려와 내 기분을 풀어 주려 애썼다.

민망하기도 하고 부끄럽기도 하고 창피하기도 하고.

반성했다.

'이런 사람들을 두고…….'

나도 어지간한 놈이었다.

말로 잘 풀어 가면 될 일도 이렇게 화가 나면 일단 극단으로 치닫고 본다.

이 못된 성깔머리부터 고쳐야겠다.

잘못된 화는 주변은 물론 스스로도 활활 태워 버릴 테니까.

소란스러운 가운데 김현신이 또 나섰다.

"저기, 아까 해 주던 말 더 해 주면 안 돼?"

"뭘요?"

"개인별로 해 줬던 거. 곰곰이 생각해 보니까 전부 다 어디서도 들어 볼 수 없던 말이잖아. 누가 가르쳐 주지도 않고, 또 아는 사람도 없는 것 같고, 공부에 많이 도움될 것 같아. 다들 안 그래요?"

"어! 맞아맞아. 누가 그런 얘기를 우리한테 해 줘. 너무 콕

콕 찔려 아파서 문제였지."

"대신 머리가 환해졌잖아. 넌 아무래도 맞아야 깨우치는 종류 같아."

"그런가? 어쨌든 계속해 줘. 우린 아직 배워야 할 게 많아."

"해 줘. 해 줘. 해 줘. 해 주어어엉."

그렇게 다시 시작됐다.

40년 앞선 시스템을 두 눈으로 본 자만이 꺼낼 수 있는 이야기가.

"노래의 본질은 결국 말이에요. 누군가에게 내 마음을 전달하는 말. 어떻게 하면 더 좋게, 어떻게 하면 더 정확하게 이 마음을 전달할 수 있을까. 그 노력이, 그 말이, 더는 말로 표현할 수 없을 만큼 높게 이르렀을 때 비로소 노래가 되는 거죠……."

비바람이 세차게 지나간 후 땅이 더 단단하게 굳듯 앨범 작업은 이후 순조롭게 진행됐다.

좋은 말로 할 때 써 놓은 곡 가져오라고 협박하니 최성언이 네 곡을 들고 왔고 김종신, 전태간이 각각 두 곡씩, 유재아와 김현신은 각각 여덟 곡씩 써오는 기염을 토했다. 위대한 탄생도 곡들을 써 왔는데 다 모아 놨더니 서른두 곡이나 되었다.

그나저나 웬 위대한 탄생?

조용길 6집은 내년 봄에나 제작 계획이 있는데.

"아저씨들은 왜 가져온 거예요?"

"으응?"

대표로 온 이호진이 반응했다.

"착각하신 거 아니에요? 이번에 곡을 모은 건 신인들 앨범에 실으려는 건데. 조용길 6집은 나중에 할 거예요."

"아아, 그게……."

머리를 긁으면서 나오는 얘기가 이랬다.

처음엔 다들 좋아했다고 한다. 조용길 6집에 곡을 올리면 작곡가로서의 명성도 올라가니까. 헌데 시일이 지나면서 이게 마냥 좋은 일이 아니라는 걸 깨달았다고. 눈이 높아진 만큼 부담으로 다가왔다고.

5집 이상 잘 쓸 자신이 없다며, 잘못했다간 앨범 완성도가 떨어져 손가락질 받을 거라고……

겁먹었다는 얘기를 장황하게 늘어놓았다.

"음……"

일리 있는 얘기였다. 놔두면 1백만 장 찍을 가수의 다음 앨범이었다.

기대가 클 테고 소비자의 욕구를 충족시켜 주지 못한다면 감당 안 되는 원성을 받을 것이다. 앨범을 이따위로 만들어 놓고 밥이 넘어가냐고. 제정신이냐고.

남의 얘기 떠들기 좋아하는 호사가들은 이때다 싶어 조용길이 한물갔느니 조용길의 배가 불렀느니 흠잡을 테고.

한창 하늘을 찔러도 시기와 질투로 잠음이 끊이지 않는 바닥인데 예봉이 꺾이는 순간 어떤 일이 벌어질까.

이게 두렵지 않다면 또라이거나 회귀자일 것이다.

"의논했는데 우린 도저히 안 되겠더라고. 써 온 곡을 보면 알겠지만 네 수준에는 발끝도 못 미쳐. 그래서 결론 내렸어. 6집은 오로지 페이트만 관여해야 한다고 말이야. 5집 이상 앨범의 완성도를 높일 사람은 너밖에 없다고."

그렇다고 써 놓은 곡을 버릴 수는 없으니 꿩 대신 닭이라고 신인들 앨범에나 실어 주었으면 좋겠다는 바람이라는…….

더 무슨 말을 할까.

"알았어요."

일단 다 풀어 놓고 신인들에게 마음에 드는 곡으로 가져가라 했다.

별국화야 6곡만 더 챙기면 되고 김현신으로서는 자기가 가져온 곡이 있으니 1곡만 더 챙기면 되었다. 나머지 신인도 타이틀은 이미 정해진 상태라 몇 곡만 더 가져오면 앨범 다섯 장이 뚝딱 만들어졌다. 물론 가져왔다고 다 쓸 순 없는 노릇이라 몇 번의 필터 과정을 거쳐야 하겠지만 아무럼.

옆에 있던 김연에게 말했다.

"작사가, 작곡가도 더 구해 주세요. 그들의 재능도 올케 대접받아야죠."

"그런 점이라면 걱정 없으실 겁니다. 점점 입소문이 퍼지고 있으니까요."

"이 바닥도 각성해야 않겠어요? 언제까지 거머리처럼 빨대

꽂을 순 없을 노릇 아니에요?"

"전적으로 옳은 말씀입니다. 창작자를 쥐어짜는 건 가요계 발전에 하등 도움이 안 되지요."

"세션은 준비됐나요? 시범 삼아 연주해 봤으면 좋겠는데요."

"식스맨으로는 부족해서 몇몇 분께 더 연락해 놨습니다. 시간이 다 됐으니 곧 도착할 겁니다."

식스맨은 어느새 오필승 엔터테인먼트의 공식 용어가 됐다.

대타나 5분 대기조보단 격상된 의미라 다들 만족해서 대놓고 썼다.

잠시 기다리자 김연의 말대로 클래식 악기를 든 이들이 들어왔다.

피아노, 기타, 베이스, 드럼이야 우리 쪽도 갖춘 악기들이라지만 플롯, 오보에, 클라리넷, 바순, 호른, 바이올린, 비올라, 첼로까지 우르르 들어왔다.

뭐지?

이 정도면 거의 찐 녹음에나 들어갈 규모였다. 써 온 곡을 들어 보자 하는 수준이 아니었다.

슥 봤더니 김연은 피식 웃으며 진실을 말해 줬다.

"사실 곡은 일주일 전에 다 받아 놨습니다. 마침 감기 몸살로 누워 계시길래 제가 의뢰해 편곡까지 마쳐 봤고요."

"아~ 그러셔요?"

"오늘은 이렇게 녹음해도 되는지 컨펌 받는 날이라 생각하시면 됩니다."

마음에 들었다.

내가 김연을 들이며 신경 쓴 것이 가수 섭외도 있지만, 나의 부재 시 이렇게 식구들을 통솔해 주는 것이었다.

200% 잘해 주고 있었다.

"좋아요. 잘하셨어요."

"아! 그리고 여쭤볼 게 있는데. 곡이 정해지면 일단 카프카에 올려 보는 게 어떨까요?"

"반응을 보자는 거죠?"

"애들 행사 레퍼토리에도 도움되고 시험 무대로는 최적이라 드리는 말씀입니다."

"괜찮은 생각이세요. 어차피 카프카는 겸사겸사잖아요. 최대한 유리한 쪽으로 활용하세요. 이민국 매니저랑 스케줄 확인하시고요."

"알겠습니다. 그럼 그렇게 진행하는 거로 하고 시작하겠습니다."

"예."

준비되는 대로 연주가 시작됐다.

눈으로 보는 것보다 귀로 들으니 확실히 좋았다. 꾸준히 공부했다지만 악보는 아직 미숙이라.

김연은 서른두 곡 전부를 편곡하지 않았다. 나름대로 스무 곡만 추렸는데 나는 다 들어 본 후 이 중 열 곡만 선택했다.

별국화가 낸 세 곡, 유재아에서 네 곡, 김종신에서 한 곡, 위대한 탄생에서 두 곡.

자신이 낸 여덟 곡 중 한 곡도 선택 못 받은 김현신은 크게 낙담했는데 이는 위대한 탄생 대표로 참가한 이호진도 마찬가지였다.

그러든 말든.

"열 곡 중에서도 몇 곡은 아직 애매하긴 한데 일단 커트라인에 든 거로 간주했어요. 별국화 형들은 조금 더 분발해 주시고요. 현신이 형은 재아 형이랑 짝꿍 하세요. 곡 전반에 흐르는 분위기가 형과 어울려요. 남은 다섯 곡은 형이 원하는 곡으로 넣고요. 영원이 누나는 따로 맞는 작곡가를 섭외해야 할 것 같네요. 신실이 누나는 위대한 탄생 아저씨들 곡을 쓰죠. 수와 준 형들은 종신이 형 곡을 쓰고요."

고른 열 곡을 바로 분배했고 그 외 곡들은 마음에 드는 거로 알아서 가져가라고 하였다. 모자란 건 더 섭외해서 넣자고.

내년 2월을 기점으로 하나씩 발매해 보자고.

해산.

어깨가 축 처져나가는 이호진을 따로 불렀다.

"으응? 왜?"

"페이트 2집 시작하려는데 스케줄 괜찮아요?"

"엉?!"

"2집 시작하려고요. 시간이 어떤가 해서요?"

"2집 시작하는 거야? 시간이 어떠긴. 행사 다 취소하고서라도 달려와야지."

"그럼 그렇게 알고 준비해 올게요. 언제쯤이면 좋을까요?"

"물어볼게. 아니, 오늘 밤에 집에 갈게. 난 내일까지 못 기다려."

"알았어요. 기다리고 있을게요."

이호진을 보내고 남은 시간 짬짬이 신인들을 지켜봤다.

곡 결정을 내렸다지만 혹여나 불만이 있다면 조금쯤은 풀어 줄 요량으로 시간을 낸 건데.

별국화도 우신실도 신영원도 수와 준도 표정이 괜찮았다. 우거지상이었던 김현신은 어느새 유재아와 짝짜꿍이 돼 웃고 있었다. 유재아는 눈치 좋게도 김현신의 곡 중 자기 나름대로 괜찮다 생각하는 걸 추려 같이 편곡하자 하였고 김현신은 그런 유재아가 기쁘고 귀여운지 자꾸 쓰다듬었다.

둘이 하도 알콩달콩이라 다른 신인들도 배가 아픈지 남은 곡 중 건질만 한 게 없나 살폈고 한두 곡씩 더 챙겨 갔다.

그제야 안심한 나는 집에 연락해 오늘 밤에 손님들 온다고 알렸다.

"할매, 저희 왔어요."

"어서 오세요."

"아이고, 기다렸습니다. 저녁 준비는 다 해 놨으니까 어서 앉으이소."

조용길과 이호진이 들이닥치자마자 할머니는 어디에서 사왔는지 큼지막한 만두와 함께 바지락 칼국수, 겉절이 김치를 내왔다.

저녁나절 한창 배고플 때라 두 사람은 허겁지겁 먹었고 열심히 준비한 할머니를 기쁘게 했다.

허기를 채운 우리는 과일도 안 먹고 내 방으로 가 자리를 잡았다.

틈틈이 녹음해 둔 터라 쇼케이스는 문제없었는데 신곡이니만큼 곡에 대한 설명이 조금 필요했다.

아무래도 컨셉 자체가 admiral.

해군 제독이었으니까.

"자, 시작해 볼게요."

1번 트랙이 시작됐다.

도입부부터 잔뜩 힘을 준 노랫소리가 터져 나왔다. 피아노 반주 위였지만, 드럼과 기타의 중요성을 꼼꼼히 잡아 주자 이호진은 수첩에 체크 사항에 적었다.

첵커즈(チェッカーズ)의 줄리아에게 상심(ジュリアに傷心)이었다. 1985년 오리콘 연간 1위곡으로 2000년에 컨츄리 꾸꾸가 리메이크해 유명한 곡이었다.

첵커즈란 밴드는 1983년 9월 데뷔했는데. 1984년 '눈물의 리퀘스트'가 히트하고 '줄리아에게 상심'으로 정점을 찍는데 이후 각자 솔로 활동을 하다가 1992년 홍백가합전을 마지막으로 해산한다.

이제 솜털이 뽀송뽀송한 첵커즈에게는 미안한 일이지만 걔들은 '눈물의 리퀘스트'로 만족해야 할 것이다.

물론 이번 앨범에 들어간 버전은 첵커즈가 아닌 컨츄리 꾸꾸의 것이었다.

2번 트랙은 세가와 에이코(せがわえいこ)의 이 생명 다 바쳐(命くれない)였다.

이 곡의 원곡은 엔카였다.

엔카는 폭스트롯의 장르에서 발전했다는 트로트와는 뿌리부터 다른 장르로 역사를 거슬러 올라가면 신선조 때에 다다른다 하였다. 메이지유신 후 몰락하던 신선조의 참담한 심정을 '흐ㅇㅇㅇ~웅, ㅇㅇㅇㅇ웅'하던 가락에 실어 부르던 것이 그 시초라고.

1986년 발표하여 엄청난 인기를 끌었고 이듬해 1987년 오리콘 차트 연간 1위를 달성하기까지 대박 롱런을 이끈 곡으로 세가와 에이코의 제2 전성기를 불렀다.

조금 더 한국적으로 편곡해 이민자가 부르기 좋게끔 해 놓았다.

3번 트랙은 나카하라 메이코(中原めいこ)의 Dance in the Memories(ダンス・イン・ザ・メモリーズ)였다.

전형적인 시티팝으로 아다치 미츠루의 '터치', 다카하시 루미코의 '메종일각'과 더불어 80년대 일본 애니메이션 3대 명작으로 꼽히는 오렌지 로드의 3기 엔딩 곡이었다. 개인적으로 너무나 좋아하는 곡.

감성을 훅 자극하면서도 간질간질한 삼각관계 속 이야기가 주류인데

주인공 멘탈이 하필 2000년대라면 개복치라 불려도 이상하지 않을 만큼 종잇장이라.

어쨌든.

OST는 발랄하면서도 상쾌, 과즙미 팡팡 터지고 뽕끼까지 탑재한 나카하라 메이코를 만나 대폭발을 이룬다.

넣으면서도 고민이 올라왔다.

이 중독성 넘치는 훅을 과연 누가 살릴까?

누굴 줘야만 이 세련되면서도 질리지 않는 명곡을 해치지 않을까?

4번 트랙은 히카루 겐지(光GENJI)의 파라다이스 은하(パラダイス銀河)였다.

히카루 겐지야 말해 뭐 할까.

일본 아이돌 그룹의 레전드 오브 레전드 혹은 일본 아이돌 시스템의 효시라고 불리는 이 7인조 그룹을 어찌하면 좋을까.

한국에서는 광겐지라는 이름으로 더 유명했는데 일본 문

화 수입이 금지되던 시절에도 길보드에서 은밀하게 판매된, 쟈니스 역사상 아니, 일본 역대 최고의 아이돌이라 일컫는 SMAP의 S, M, A, P 이니셜이 히카루 겐지 멤버의 앞 글자를 따온 거라는 걸 아는 사람은 생각보다 적었다.

SMAP의 데뷔도 또한 히카루 겐지의 동생 그룹으로서였으니 당시의 인기는 가히 천의무봉 하였다.

롤러스케이트를 타고 무대를 휘저으며 웃통까지 벗는 퍼포먼스로 단숨에 주목을 끌었고 '파라다이스 은하'로 88년 오리콘 차트 연간 1위를 차지했다. 같은 해 일본 레코드 대상을 수상했고 89년 4천 개가 넘는 일본 고등학교 야구부가 참가하는 대축제 고시엔의 행진곡으로도 쓰였다.

이참에 나도 남자 아이돌 그룹이나 하나 만들까?

5번 트랙은 프린세스 프린세스(プリンセス·プリンセス)의 Diamonds였다.

걸그룹 같지만 걸그룹이 아니다.

여성 5인조 록밴드.

TDK 레코드사가 드럼, 기타 등 각 부문에 대한 오디션을 진행하여 1위만 뽑아 만든 밴드로 실력은 정평이 났으나 업계환경 등의 영향으로 초반엔 우여곡절이 많았다. 아카사카 코마치라는 이름으로 인디 시절을 겪었고 1986년 소니 뮤직과 계약을 맺으며 프린세스 프린세스로 개명하여 데뷔, 일본

역사상 최고의 여성밴드로 자리를 잡았다.

Diamonds는 프린세스 프린세스의 7번째 싱글이었다. 89년 오리콘 차트 연간 1위를 차지하며 정점을 찍은 곡.

시종일관 경쾌한 리듬과 멜로디가 특징인 곡으로 굳이 시대상을 담으려 한 건 아닌 것 같은데도 당돌하고 낙관적인 가사가 버블 경제에 붕 뜬 일본의 분위기를 잘 표현한 것 같아 선택했다. 오쿠이 카오리(후에 키시타니 카오루 개명)의 보컬도 앙칼지니 듣기 좋고.

그러니까 이 곡은 누구에게 어울릴까? 누굴 줘야 이만큼 부를 수 있을까.

6번 트랙은 BB퀸즈(B.B. クイーンズ)의 춤추는 폼포코링(おどるポンポコリン)이었다.

드디어 이 곡이 나왔다.

오오오오오옷!

잠시 소개하자면,

BB퀸즈는 탄생부터 독특했다. 당대 최고의 뮤지션들만 모아 만든 혼성그룹으로 데뷔곡 '춤추는 폼포코링'은 제목부터 심상치 않은 분위기를 풍기며 일본 사회를 뒤흔들어 놨다.

약 빨고 쓴 것 같은 가사부터 정신줄 나갈 것 같은 하이텐션 멜로디에 가만히 듣다 보면 어느새 BB퀸즈화되는 스스로를 발견하는 미친 곡.

데뷔하자마자 대뜸 이슈 몰이하는 거로 모자라 이듬해 90년 오리콘 차트 연간 1위를 먹어 버리고 이후 애니메이션 '마루코는 아홉 살' 오프닝에 삽입되며 대박 행진곡을 날리다 야구응원가에 프로레슬링 선수 테마곡으로까지 쓰였다. 2000년대에 데뷔해서 반짝하고 활동하다 사라진 '뮌현희와 뮌루트'의 원조격 같기도 하고 하여튼 도저히 뺄 수 없는 곡이라 넣었다.

그러니까 그래서 걱정이었다. 넣고 보니 소화할 사람이 없네. 골라 놓고도 피곤한 곡이다.

7번 트랙은 오다 카즈사마(おだかずまさ)의 러브스토리는 갑자기(ラブ・ストーリーは突然に)였다.

앞선 곡들에 비해 다소 심심한 면이 있는 이 곡은 일본 트렌디 드라마의 전설격인 도쿄러브스토리의 OST로 쓰이면서 폭발적인 인기를 끌었다.

오다 카즈사마는 1969년에 결성된 일본의 별국화격인 오프코스란 밴드의 멤버였는데.

오프코스는 79년 안녕(さよなら)이란 곡으로 히트 후 81년 말로 표현할 수 없어(言葉にできない)와 'I Love You'가 연달아 히트하며 80년대 초반 일본을 대표하는 밴드가 됐다.

이후 잘 나가는 그룹이라면 늘 생기는 병중인 팀 내 불화를 원인으로 골골대다 88년 해체하고 오다 카즈사마는 솔로 활동을 하게 되는데 그의 싱글 앨범 Oh Yeah!의 수록곡인 '러브 스토리는 갑자기'가 도쿄 러브스토리에 삽입되며 91년 연간 오리콘 차트 1위를 차지하는 기염을 토한다. 앨범판매도 270 만 장. 이후 수많은 이들이 커버했는데 크리스 하트의 버전도 꽤 유명했다.

한국에서도 이 드라마 때문에 일본어를 시작하는 이들이 많았는데 '러브스토리는 갑자기'란 제목은 몰라도 멜로디를 들으면 아는 사람이 꽤 됐다.

8번 트랙은 아스카(ASKA)의 시작은 언제나 비(はじまり はいつも雨)였다.

이 곡은 개인적인 취향으로 선택한 곡이었다.

1979년 데뷔 후 2009년 잠정 활동 중단까지 20장이 넘는 앨범과 50장에 가까운 싱글을 낸 일본 국민 가수 겸 싱어송라 이터 듀오 차게 앤 아스카(CHAGE and ASKA) 출신인 아스 카는 설명하는 게 오히려 안티였다.

얼마나 대단하냐면 냉각일로인 한일 관계까지 뚫고 2000 년 한국에서 콘서트를 연 최초의 일본인 가수였다.

수많은 히트곡 중 선택한 '시작은 언제나 비'는 91년 아스 카가 낸 솔로였다. 정점을 찌른 곡들에는 다소 부족한 감이 있으나 청혼곡으로 쓰이면서 롱런했다.

다음 9번 트랙도 마찬가지로 차게 앤 아스카의 곡 On Your Mark였다.

이 곡은 특이하게도 차게가 애니메이션계의 거장인 미야자키 하야오에 홍보 영상을 의뢰하면서 아주 유명해졌는데 이 애니메이션은 훗날 후쿠시마 원전 사고로 방사능 폐해가 남 일이 아니게 되면서 평가가 날로 높아졌다. 평론가 중에 이 단편 애니메이션을 미야자키 하야오의 최대 걸작이라고 뽑는 사람이 있을 만큼.

내가 대학생 때였나? 친구 집에서 TV를 돌리다 이 애니메이션과 탁 마주치고는 잠시 아무것도 못 한 기억이 있었다.

너무 예뻐서.

그랬다.

너무 예뻐서 어쩔 수 없이 삽입하였다.

마지막 10번 트랙은 나카시마 미카(なかしまみか)의 눈의 꽃(雪の華)이었다.

눈의 꽃.

이 곡은 뭐…….

더 말해 뭐 할까.

"어때요?"

"……."

"……."

잠시 말을 못하는 조용길과 이호진을 두고 나도 속내를 꺼냈다.

"눈치채셨는지는 모르겠지만, 이번 앨범은 일본어 버전도 함께 출시할까 해요."

"뭐?"

"일본어 버전으로?"

"예, 한국어로는 녹음하지 않을 생각이에요."

"대운아."

"한국어로 하지 않겠다니 그게 무슨 소리야?"

"페이트 1집 한국어 버전에 대해 문의가 많이 들어와도 더 생산하지 않는 이유와 같아요. 앞으로 페이트는 해외 시장 공략에만 집중할 생각이에요."

이 결정으로 훗날 페이트 1집 한국어 버전은 그야말로 초희 귀템이 된다. 한 장에 몇백만 원도 호가하는 그런 앨범으로.

"그 말은……."

"통하는 거 보셨잖아요. 한국은 용길이 아저씨가 잡고 밖은 페이트로 영역을 나누는 거죠. 그래서 일본인의 기호에 맞는 곡으로 뽑아 봤어요."

오리콘 차트 연간 1위 곡 위주로 혹은 롱런하는 곡 위주로 말이다.

"구성은 남성 솔로 네 곡, 여성 솔로 네 곡, 듀엣 2곡이에요. 용길이 아저씨는 우선 선택권을 드릴게요."

"정말?"

"네 곡밖에 안 되지만 남성 솔로에서 고르시면 돼요."

"알았어."

만족해하는 조용길을 두고 이호진을 봤다.

"이거 연주해 주실 수 있죠?"

"어? 으응, 그거야 당연하지. 리듬에 멜로디에 중점 사항도 다 가르쳐 줬는데 못 해내면 안 되지."

"언제쯤 가능할까요? 가수 섭외도 해야 하는데."

"그게……."

"나 골랐어."

조용길이 말을 끊었다.

"고르셨어요?"

"두 곡해도 돼?"

"예."

"1번이랑 4번."

1번은 첵커즈의 Oh my Julia, 4번은 히카루 겐지의 파라다이스 은하였다.

나머지 두 곡이 발라드풍인 걸 감안했을 때 할 수 있는 걸 다 가져가는 셈이다.

콜.

'Oh my Julia'는 고를 줄 알았고 그렇지 않아도 아이돌 곡인 '파라다이스 은하' 때문에 골치 아팠는데 조용길이 해 주겠다면 나도 더할 나위 없었다.

"호진아."

"응."

"후딱 끝내고 녹음하자. 맨날 우는 곡만 부르다가 모처럼
발랄해서 아주 마음에 들어."

"그런가?"

"한 일주일 정도 스케줄 빼자."

"그래도 돼?"

날 본다.

내가 총괄이니까.

"빼세요. 슬슬 다음 곡으로 활동할 시기잖아요."

'친구여'로 한창 우려먹었으니 해가 바뀌는 대로 '기다릴게
요'로 갈아탈 생각이다. 지들이 골든컵 주며 못 나오게 해 놓
고 또 제발 좀 나와 달라는 가요톱열에서 신곡으로 발표하면
되겠지.

"그럼 애들한테 말해서 급한 거 몇 개만 처리하고 일주일
만 쉬자. 그러면 되지?"

"그래, 내일 애들 데리고 이것부터 들려주자고. 계획 잡고."

"오케이. 그나저나 피아노 가르친 보람이 있어. 이렇게 만
들어 주니까 얼마나 편해. 하하하하."

이호진이 생색낸다.

어울려 주었다.

"계속 기대해 주세요. 3집, 4집 다 준비돼 있으니까요."

"하하하하하, 내가 뭔 말을 못해. 알았다. 알았어."

"그럼 다 된 거지?"

"네."

"알았다. 쉬어라. 우린 들어갈게."

"예."

뭔가 급박하게 돌아가는 것 같았지만, 별건 없었다.

한 해를 마무리하려는 시점이라 되짚어 본 것뿐.

각자 알아서 자기 할 일을 하였다.

조용길과 위대한 탄생은 당초 일주일 잡은 휴가 기간을 열흘로 늘리며 페이트 2집 완성에 집중했다. 나는 나대로 재한 일본인을 섭외, 영어로 쓰인 2집의 가사를 일본어로 번역하는 작업을 했다. 3번이나 교차 검증하여 원래의 가사로 돌아오게 만든 것.

이게 조금 난해했는데.

김연도 물론 내가 불러 주는 가수들을 섭외하러 다니느라 용뺐다.

그렇게 1983년이 가고 1984년이 밝았다.

"정산할까요?"

"예, 준비하고 있었습니다."

신년회 겸 시무식이다.

오필승 엔터테인먼트의 전 식구들이 모인 자리에서 지나버린 해에 대해 정리하는 시간을 가졌다.

도종민은 익숙한 자세로 단상 앞에 섰고 정은희는 도종민을 보좌했다.

"우선 지난 한 해 고생 많으셨다는 말씀부터 드리고 싶습니다."

인사와 함께 1983년 7월 1일 창립한 이래 회사를 스쳐 간 사건·사고들을 조목조목 짚은 도종민은 참으로 감개무량한 표정을 지었다.

정은희가 눈치도 좋게 장표를 넘겼다.

"먼저 우리 오필승 엔터테인먼트가 지난 6개월간 이룬 업적, 총매출을 공개하도록 하겠습니다."

거창하게 말했지만, 음반 매출 내역은 처음부터 투명하였다. 모든 게 지군레코드에서 입금한 내역으로 대변됐으니.

조용길 5집은 90만 장, 조용길 1~4집 30만 장 외 페이트 1집 90만 장이었다.

"어디 보자. 조용길 앨범 매출의 합이 36억이네요. 페이트 1집은 45억으로 81억에 기타 행사 매출이 약 10억 하여 총매출 91억 원입니다."

"후아~."

"우와~."

"구, 구십일억?"

"끝내줄 거란 건 알고 있었는데 이 정도였어?"

웅성대는 가운데 도종민의 말이 계속되었다.

"우리는 계산이 편합니다. 조용길 1집부터 5집은 전부 장당 3000원으로 잡았고요. 페이트 1집은 일본에서 생산하기에 5000원으로 잡았습니다. 여러분 굉장하지 않습니까? 자본금 5억 원으로 시작한 회사가 단 6개월 만에 이만한 성공을 거두었습니다. 모두 박수 부탁드립니다."

도종민이 앞서서 박수 치자 모인 모두가 호응하여 소리를 질렀다.

이후로도 한참을 소리 지르며 환호했다.

"자, 이제 중요한 지출 내역을 말씀드리겠습니다. 지출은 크게 세 줄기인데 우선 회사와 관련하여 총 8억의 비용이 소요됐음을 말씀드립니다. 세부 내역은 사옥 구입비 겸 인테리어 비용, 셔틀버스 운용과 기타 홍보, 인건비, 전속 가수 계약금, 자재 구입비, 명곡 라이센스 구입 비용 등을 포함한 것으로 러프하게 끊은 금액임을 미리 알려 드리며 자세한 내역은 첨부하는 자료로 대신하겠습니다."

다들 고개를 끄덕이며 아무런 반론도 없었다.

직원들도 회사 다니며 들은 풍문도 있고 돈 단위가 보통이 아니다 보니 작은 숫자들은 보지도 않고 지나갔다.

"다음은 사업비 지출로 가장 큰 금액은 역시 서독 J&K 설립입니다. 총 13억 원이 투입됐고요. 여의도 부지에도 10억

원이 사용됐습니다. 성남시 땅도 3억 원이 투입됐고요. 현재도 일산, 김포, 안양 등등을 내려오며 땅을 보고 있으며 서울에도 역시 마찬가지라 계속 투입될 거라 보고 있습니다. 아! 총비용은 아파트 구입 비용까지 28억이 사용됐습니다."

비용만 8억 + 28억 = 36억.

여유가 넘친다.

91억 벌고 36억 쓴 거면 양호한 거 아닌가?

사람들도 그렇게 생각하는지 표정이 밝았다.

그러나 다음 안건이 나온 순간 모두가 눈을 크게 떴다.

"이제 우리 회사에서 가장 큰 지출내역을 말씀드리겠습니다. 조용길 1집에서 4집까지는 모든 권리를 우리가 인수한 터라 재발매 외 딱히 다른 지출이 없었는데 5집부터는 창작자에 대한 로열티가 지급됩니다. 작곡, 편곡, 작사에 관여한 분들께 로열티가 지급될 텐데요. 계약된 것 같이 조용길 5집에서만 매출의 20%인 5억4천만 원이 나가게 됩니다."

열 곡이 들어간 앨범이라 이걸 또 세세하게 나눠야 하는데.

타이틀곡 세 곡을 쓴 작곡가가 이 중 50%를 가져가고 나머지는 남은 금액에서 1/n로 갖는다. 작사도 타이틀 작사가가 50%를 가져가고 나머지를 나눈다.

이걸 나에게 대입하면.

5집 매출 27억에 대한 창작자 로열티가 5억4천.

'기다릴게요'는 위대한 탄생이 편곡해 준 곡이라 5%를 빼더라도 나는 단 한 곡으로 얼추 1억의 돈을 벌게 되었다.

탄성이 터져 나왔다.

특히나 위대한 탄생은 서로의 얼굴을 보며 손을 맞잡았고 기뻐했다.

"아아, 겨우 이거로 놀라시면 안 됩니다. 더 대박이 있죠. 바로 페이트 1집입니다. 일본 판매 매출이 자그마치 45억입니다. 이 앨범의 전곡 창작자가 바로 우리 총괄님이시죠. 그럼 과연 우리 총괄님이 얼마나 받아 가실지 계산해 볼까요?"

45억의 20%는 9억이다. 이 중 위대한 탄생에 줄 편곡비율 5%를 떼면 나머지 15%가 내 몫.

9억 - 2억2천 = 7억8천.

즉 창작자에 대한 로열티만 오필승 엔터테인먼트는 13억 이상의 돈을 써야 했다.

이것이 끝인가?

아니다.

조용길은 따로 또 계산해야 했다.

그의 전속 계약은 활동 수익의 2:8 비율이다.

5집 매출 27억에서 행사 수익 10억을 더한 금액 37억에 5집 창작비 5억4천 + 지난 6개월간 활동비로 들어간 비용 1억을 제하면 30억6천이 남는데.

여기에서 20%를 가져갈 수 있었다.

6억1천만 원.

이뿐인가.

그는 오필승 엔터테인먼트의 대주주였다.

자그마치 15%나 가진 큰손.

총매출 91억 - 비용 36억 - 창작비 14억4천 - 수익분배 6억 1천 = 34억5천.

순수익인 34억5천을 풀로 배당한다면 5억1천만 원가량을 더 가져갈 수 있었다. 6개월 만에 11억을 번 남자. 이도 내가 사업 부문에 돈을 끌어다 박지 않았다면 더 높아졌을 것이다.

물론 이 모든 걸 다 합쳐도 내가 번 돈에는 비할 수 없었다.

1%를 비록 이학주에게 스톡옵션으로 줬다지만 나는 81%를 가진 절대 주주였다.

모두 고생했다는 말과 함께 우선 모든 직원에게 연봉만큼의 성과급을 지급, 유보금 14억5천을 남기고 20억으로 배당금 잔치를 열었다.

이렇게 해서 2천만 원 남짓했던 내 통장에 25억이 꽂혔다.

조용길 5집 1억 + 페이트 1집 7억8천 + 배당금 16억2천.

"……"

Chapter 35

돈을 꽤 벌 거란 생각은 했다.

확신도 있었고 당연하다 생각했다.

하지만 이 정도의 목돈이 통장에 꽂힐 거라고는 상상을 못

했다.

전생에서도 본 적 없는 00000000의 향연.

몇 번이고 다시 세어 봐도 틀림없는 25억이었다.

뭐랄까.

이게 어떤 느낌이냐면…….

"……."

별 느낌이 없었다.

'돈을 들고 튀어라'처럼 막 신나고 그래야 하는데 아무 느낌도 아무 생각도 나지 않았다.

뭔가 보상받은 것 같긴 한데 딱히 와 닿지도 않고 마치 과자 몇 개 사 먹으면 사라질 돈처럼 허무해 보였다.

"……이래도 되나?"

계속 이런 생각만 들었다.

내 돈이 아닌 것 같은…… 저쪽 벽에 걸어 놓은 고흐의 해바라기 그림 같다고 한다면 너무 바보 같은 상태인가?

하여튼 며칠은 멍하니 지냈던 것 같다.

출근해도 그렇고 집에서도 그렇고 앨범 작업도 거의 손을 못 댔다.

그러다 도종민의 한마디에 정신이 번쩍 들었다.

"돈 관리는 하고 계세요?"

"예?"

"그냥 통장에 넣어 두고만 있죠?"

"……예."

"조금 있으면 나라에서 세금 내라고 덤벼들 겁니다. 회사도 마침 적당한 세무사와 제휴해서 일하려 하는데 총괄님도 같이 하시는 게 어떨까요?"

"예?"

"다른 분들은 금액이 그리 크지 않으니 문제없겠지만, 조용길 이사님과 총괄님은 미리 준비해 놓는 게 좋습니다. 그리

진행할까요?"

도종민은 잘못하다간 최고 세율 55%를 때려 맞을 수 있다는 얘기를 해 줬다. 이것도 낮아진 거라고.

참고로 81년엔 60%의 누진 세율로 처맞다가 82년에 들어 55%로 조정됐다. 즉 83년 활동한 내역은 82년 정한 세율로 적용받았다.

55%.

화가 불쑥 올라왔다.

국가가 나한테 해 준 게 뭐라고 내 돈을 절반이나 떼어 가냐! 소리를 지르려다 간신히 내리눌렀다.

정해진 거라면 소리 지른다고 달라질 것도 아니고 어쨌든 25억이 과세 표준으로 찍히는 걸 막으면 되는 거 아닌가.

"……돈을 써야겠네요."

"제일 좋은 방법이죠."

"알았어요. 큰돈 나갈 곳이야 뻔한데 조 실장님한테 알아봐야겠어요."

"그렇죠. 55% 맞는 것보단 토지세 내는 게 가볍겠죠."

돈 있는 사람들이 이리 굴리고 저리 굴리고 어떻게든 절세하는 이유가 이제야 납득되었다.

25억 벌었는데 13억을 세금으로 내라 하면 누가 '알겠습니다. 제 운명이 그러하니 기꺼이 내지요'하고 내겠나. 어떻게든 숫자를 줄이려 들겠지. 세상에 5억만 줄여도 5억이 남는 장사라니.

참을 수가 없어 곧바로 복덕방 할아버지를 찾아갔다.

"어! 오셨습니까."

기합이 잔뜩 든 자세로 나를 맞는다.

"네, 저번에 얘기했던 석촌호수 건이요…….."

"석촌호수요?!"

말을 꺼내기가 무섭게 벌떡 일어난다.

"미팅…… 아니, 만남 좀 잡아 주실 수 있으세요?"

그 땅이 한 30억 했던가?

"그럼요. 그럼요. 그럼요. 언제로 잡을까요?"

"빠를수록 좋아요."

"네, 알겠습니다. 모든 걸 제쳐 놓고 이 일부터 성사시키겠습니다."

"아! 하나 더요."

"넵."

"도곡동이든 내곡동이든 큰 덩어리도 알아봐 주세요. 시청과 불발됐을 때를 대비해서요."

"아무렴요. 어!"

멈칫.

왜?

"이런 말씀드리기 뭐한데. 혹시 이건…… 세금 때문에 이러시는 겁니까?"

옴마야.

"……."

"땅도 세금이 붙는데 괜찮으십니까?"

"……알아요."

"그럼 건설사가 땅을 가지면 세금 감면받는 것도 알고 계시나요?"

"그……래요?"

몰랐다.

"개발하든 안 하든 관계없습니다. 건설사 땅은 누구도 못 건들어요. 땅에 관해선 건설사가 최고입니다."

그런가?

궁금해졌다.

"……건설사를 차리려면 여러 가지 요건이 필요한 거 아니에요?"

예를 들면, 중장비나 번듯한 건물 같은.

"아닙니다. 시행사를 하나 조그맣게 운영하시면 됩니다. 장비도 필요 없어요. 사무실만 하나 내시면 끝이에요. 나중에 시공사가 뭘 짓겠다 덤비면 그때 흥정하시면 되고요. 어떻게 이것도 알아봐 드릴까요?"

요것 봐라.

의외의 곳에서 또 의외의 이야기가 재미있게 흘러간다.

복덕방 할아버지를 봤다. 욕망 할아버지도 내 눈을 피하지 않았다.

피식 웃었다.

"저에게 원하는 게 있나 보네요."

"사실 이 홍주명이가…… 으음, 말이 나와 꺼내는 말이지만 이런 일 한번 해 보고 싶었습니다. 진심으로요."

허리를 정중하게 숙이는데.

이 바닥 생활을 하며 많이 봐 왔다고 한다. 특히 70년대 큰손들이 업자들을 어떻게 데리고 돌아다녔는지, 어떤 식으로 일을 해 왔는지, 그걸 보면서 자기도 꼭 해 보고 싶었다며 허락해 주면 내 땅의 전문 관리인이 되고 싶다 하였다.

진솔하기도 했지만, 구미가 너무 당겼다.

"알았어요. 건설사를 하나 세워 주세요. 이름은…… 대길 건설이면 되겠죠? 그거 세우고 난 후 시청과의 만남을 주선해 주세요."

"자, 자본금은 얼마로 책정할까요?"

"일단 5억입니다."

"예, 알겠습니다."

"내일 아침 조 실장님이 찾아올 거예요."

"아, 그분이요? 알겠습니다."

"그분과 함께 회사 고문 변호사님을 찾아가세요. 우리 회사 법리 검토는 그분이 다 하니까요. 우리 회사 어딨는지는 아시죠?"

"예, 잘 알고 있습니다. 제가 중개했는데요."

"거기 5층에 사무실이 있어요. 그리고…… 강 경사님."

"예."

"돈 좀 주세요."

가타부타 없이 강희철은 안주머니에서 두툼한 봉투를 내 놨다. 혹시 몰라 챙겨 둔 비상금이었다.

그걸 홍주명에게 줬다.

"이거로 머리부터 발끝까지 싹 다 맞추세요. 돈 아낄 생각 말고 행색을 사업가처럼 싹 바꾸는 거예요. 알았죠?"

"아, 아아……."

돈 3백이 든 봉투에 놀란 기색이었다.

첫날부터 이렇게 해 줄 줄은 몰랐던 모양.

겨우 이 정도로 놀라긴.

"저랑 지내면 아주 재밌을지도 몰라요. 다만 사소한 것에 흔들리면 안 되는데. 그러지 않을 자신은 있으시죠?"

"그, 그렇습니다."

"잘만 관리해 주시면 섭섭지 않게 해 드릴게요. 그러나 이 상해지시면 지금보다 더 힘들어질 수도 있어요. 발을 빼려면 마지막 기회입니다."

"아닙니다. 절대 아닙니다. 제가 이 나이가 돼서 무슨 영광 을 보겠다고 일을 그르치겠습니까. 믿어 주십시오. 제대로 일하겠습니다."

"알겠어요. 첫 지시는 외모부터 최고로 가꾸는 거예요. 내일 보죠."

"옙."

무척 기뻐하였다.

그러나 홍주명만 좋을까.

나도 큰 짐을 덜었다.

다음 날 출근한 난 이학주부터 만났다.

"그래? 시행사를 하나 만든다고? 아아~ 그 세금 때문에? 이런 건 또 어디에서 들었냐?"

"어제요."

홍주명과 만난 일을 얘기해 줬다.

"방향성은 나쁘지 않아. 아니, 아주 딱 좋아. 거의 완벽한데."

"그런가요?"

"네가 인복이 있나 보다. 시의적절한 곳에서 인재를 만났어. 어쨌든 오늘 온다는 거지?"

"네, 잘 좀 봐주세요."

"걱정 마라. 어디 보자. 연봉은 실장급이면 될 테고 사업자와 사무실 좀 알아봐 주면 되겠지? 맡겨 둬라. 단도리까지 싹쳐 줄게."

"네, 그럼 저는 믿고 녹음실로 가 볼게요."

"알았어. 수고하고."

일어나다 말고 다시 멈췄다.

"아! 용길이 아저씨 정산비율을 바꿔야겠어요."

"3:7로?"

"예, 형평성 있게 가야죠. 2:8은 좀 그렇죠."

"알았다. 이것도 다시 만들어서 용길이 가져다줄게."

이학주와의 용건은 끝.

바로 녹음실로 내려갔다.

아침 일찍부터 김현신과 별국화가 연습하고 있었다.

그들의 연습을 보고 있자니 신영원과 우신실, 수와 준도 왔다. 저번 일이 있었던 후 모두 정돈된 모습을 보여 마음에 들었다. 실력도 점점 더 좋아지고.

이런 식으로 몇 년만 지나면 일가를 이룰 것이다.

"아! 여기 계셨군요."

오전 11시에 다다르자 김연이 웬 곱상한 누나를 데리고 왔다.

내가 유심히 보자

"하하하하, 맞습니다. 혹시나 해서 데려와 봤습니다. 작곡가 길옥문 씨 아시죠? 그분이 지금 카페를 하고 있는데 거기서 노래 부르고 있더라고요. 전에 스쳐 지나가긴 했는데 기억에 남아서 데려왔습니다."

길옥문은 유명 작곡가로 한때 패틴 김의 남편이었다.

"잘하셨어요."

김연이 데려온 예쁜 누나는 장혜린이었다. '내게 남은 사랑을 드릴게요'를 부른.

어릴 적 기억의 그녀보다 훨씬 앳된 그녀.

마음에 들었다.

"얘가 이래 봬도 공부도 많이 했습니다. 저기 환경청이냐?"

"예."

"거기 비서실에서 근무한 경력도 있고요. 아무튼 노래는 81 년부터 시작했다고 합니다. 오로지 가수가 될 생각으로요."

"가창력은요?"

"좋습니다. 마스크도 이 정도면 수려하지 않습니까? 전 보 석을 주운 기분인데 총괄님은 어떠십니까?"

지금 내 생각이 중요할까.

당사자가 혼란스러워하는데.

믿고 따라온 김연이 존댓말 하는 대상이 하필 여덟 살 먹은 아이이니 얼마나 놀라울까. 게다가 다른 기획사와는 차원이 다른 시설도 그렇고 적응을 못 하는 중이다.

그때 문이 열리며 두툼하게 숄을 두른 이민자가 들어왔다.

"대운아~"

"어! 오셨어요? 선배님."

"오냐오냐오냐. 나 불렀다며? 내가 소식 듣고 얼마나 기뻤 는지 몰라. 호호호호호."

얼싸안고 부비부비.

이민자가 나타나자 우리 신인들도 화들짝 놀라 인사하기 바빴고 겨우 품에서 벗어난 나는 김연부터 소개했다.

"우리 음반 사업부를 맡고 계신 김연 실장님이세요. 부재 시 총괄하시는 분이시고요."

"어머머, 왜 이래. 봤잖니. 저번에 서독 위문 공연에서."

"아! 그런가요?"

"아닙니다. 작업은 처음이잖습니까. 정식으로 인사드리겠습니다. 김연입니다. 전부터 무척 뵙고 싶었고 이렇게 만나 뵙게 되어 영광입니다."

김연은 내 민망을 읽기라도 한 듯 처음 만난다는 것처럼 이민자를 반겼다.

이민자도 대충 넘어갔다.

"그래요. 작업은 처음이니까. 저도 만나서 반가워요."

인사하면서 이민자는 두리번댔다.

"근데 대운아, 패틴 김은 안 왔어?"

"이번 앨범엔 참여하지 않으세요."

"그래? 나만 부른 거야? 내가 좋아서? 오호호호호호호."

또 와락 안는다.

아이고 죽겠네.

문이 열리며 이문셈이랑 김완서가 한백이랑 같이 들어오지 않았다면 계속 붙잡혀 있었을 것이다.

조용길과 위대한 탄생도 도착했다.

간단한 인사를 마치고 세팅하는 위대한 탄생을 본 나는 서둘러 가사지를 챙겨 줬다. 영어 버전과 일본어 버전 둘 다로.

조용길은 기다리지 않았다.

바로 1번 트랙 Oh my Julia에 들어가며 폭발적인 가창으로 스타트를 끊었다. 2000년대 컨츄리 꾸꾸가 와도 꿀리지 않는 위대한 탄생의 사운드에 조용길의 음색이 얹히자 완전 대만족.

단번에 녹음실을 휘어잡은 조용길 덕에 다른 이들도 음악인답게 쉽게 집중해 들어갔다.

바로 2번 트랙이 시작되었고 이민자의 옆구리를 찔렀다.

"선배님 곡이에요."

"그래?"

엔카의 느끼하고 무거운 풍을 없애고 트로트의, 이민자 특유의 청아한 음색을 살린 편곡이었다.

조용길이 부르지만, 이민자는 집중하여 가사지를 들고 체크했다.

"일본어로도 돼 있네. 이거 혹시 일본어로 불러?"

"예. 이번 앨범은 한국어 버전은 없어요."

"그래?"

그사이 녹음 끝.

바로 3번 트랙으로 넘어갔다.

Dance in the Memories가 영어와 일본어 두 가지 버전으로 녹음됐다. 4번 트랙 '파라다이스 은하'는 조용길의 곡인만큼 거의 완벽하게 나왔다. 5번, 6번이 넘어갔고 10번까지 각 곡마다 녹음테이프를 만들어 냈다.

녹음테이프를 받아 든 나는 곧바로 배부에 들어갔다.

"2번 '이 생명 다 바쳐'는 이민자 선배님 곡이에요. 사흘 뒤에 녹음할 테니 잘 준비해 오세요."

"알았어. 일본 애들 콧대를 콱 눌러 줄게."

"믿어요."

"호호호호, 그래그래, 나는 이제 가면 되지?"

"예."

이민자가 손을 흔들며 갔고 다음 정해진 이들을 불렀다.

6번 '춤추는 폼포코링'은 3인조라 전인건, 김완서, 신영원에게 테이프를 하나씩. 김완서를 메인 보컬로 전인건과 신영원은 리드와 애드립, 화음으로 파트로 정했고 이들도 녹음은 사흘 뒤다.

7번 '러브스토리는 갑자기'는 이문셈에게 돌아갔다. 돌연히 다가온 사랑에 대한 설렘을 집중적으로 캐치하라고 포인트를 잡아 줬고 음색도 같이 체크했다. 1집 이후 달라진 게 있는지.

8번 '시작은 언제나 비'는 김현신에게 줬다. 매일 도시락 싸들고 같이 다니는 아내 김경희에게 청혼하는 기분으로 불러 보라며.

9번 On Your Mark는 수와 준의 몫이었다. 한국 남성 듀오 중 아직 수와 진 이상을 못 봐서이기도 한데 둘이서 허밍하는 걸 보니 왠지 차게 앤 아스카보다 더 좋은 작품이 나올 수 있

105

겠다는 예감이 들었다.

10번 '눈의 꽃'은 일단 우신실에게 줘 봤다. 이번엔 재즈의 느낌을 빼고 설원을 그려 보라 일렀다. 오겡끼데스까? 혼자서 안 되겠으면 설악산이나 대관령에라도 다녀오라고. 눈이 잔뜩 덮인 경관에서 잃어버린 사랑을 그려 보라고.

아직 어린 그녀에게는 다소 어려운 주문이었으나 어쩌나 해내야지.

"남은 건 3번과 5번인데."

아직도 정신없어 하는 장혜린를 봤다.

보통 이런 쪽에 욕망이 강하다면 어떻게든 포지션을 잡으려 애쓸 텐데 그녀는 여태 휘둘리고 있었다.

생각보다 멘탈이 약한 모양.

이 누나는 가수시키기 전에 멘탈 관리부터 해 줘야 할 것 같았다.

"누나."

"응? 예?!"

"누나가 이거 한 번 불러 볼래요?"

Dance in the Memories를 내밀었다.

"나? 아니, 제가요?"

"왜요? 저 형도, 저 누나도 오늘 처음 끌려와서 받은 거예요. 누나랑 별다를 게 없어요. 심지어, 이민자 선배님도 그래요. 자신 없어요?"

"그, 그게……."

하도 더듬대니 보다 못한 김연이 나섰다.

"혜린아."

"예, 옙."

"이건 기회야. 너 가수 되고 싶다 했잖아. 우리 총괄님 눈에 들면 앨범 나온다. 여기 아래 카프카에도 출연할 수 있고."

"……."

정리가 안 되는지 시선이 사방팔방으로 흩어지고 있었다.

저러면 안 되는데.

우리 김연 실장이 은근 성격이 급한데.

아니나 다를까 언성이 높아졌다.

"얘가 그래도 망설이네. 할 거야? 말 거야? 우리 총괄님이 곡 준다 하면 이민자 선배님도 달려오는 판에 넌 뭐가 문젠데?"

"잠시만요. 실장님."

"아, 네."

"이 누나는 저에게 맡기고요. 일본에 잠시 가 주실 수 있으세요?"

"예?! 갑자기 일본엘요?"

"이 누나를 보고 생각난 사람이 있는데. 저번에 민애경 누나가 일본에 가 있댔죠?"

"민애경이라면…… 예."

"그 누나 좀 찾아서 데려와 줘요. 5번 Diamonds를 줘야겠어요."

"5번이라. 으으음, 알……겠습니다. 빨리 움직이는 게 좋겠죠?"

"예."

"그럼 바로 움직이겠습니다."

김연이 나가자 나는 장혜린에게 말했다.

"시간 줄게요. 잘 생각해 보고 하고 싶으면 다시 오세요. 보다시피 일정이 빡빡해서 많이는 못 줘요. 한 이틀? 민애경 누나 오기 전에 결정해 줬으면 좋겠어요. 누나가 안 된다면 다른 사람 섭외해야 해서."

"아…… 예."

기가 죽어 쭈그러지는 소리가 나왔다.

그러나 나도 더 돌봐 줄 수는 없었다.

가수가 하고 싶다면,

자기가 원하는 바에 대해 선부터 명확히 긋는 게 먼저였다.

이 바닥이 그랬고 유리 멘탈이라도 목적의식쯤은 확실히 가져야 했다.

장혜린이 돌아간 후 김완서를 불렀다. '춤추는 폼포코링'의 주의점을 환기시키고 며칠간 회사로 출근하며 같이 연습할 수 있겠냐고 그의 이모 한백이에게 물었다.

당연히 오케이.

요즘 젊은이들 사이에서 '밤이면 밤마다'로 한창 주가를 올리는 인순희도 아니고 리듬 터치 중 하나인 김완서를 빼는 건데 무엇이 대수일까.

감사하다고 연신 마음을 표현하던 그녀가 조심스럽게 내게 이런 제안을 던졌다.

"혹시 곡 의뢰도 받아 주시나요?"

"곡 의뢰요?"

모르는 척 누구의 곡을 말하냐고 눈으로 물었다.

한백이는 김완서의 손을 잡았다.

"실은 이 아이를 데뷔시키고 싶어서요. 아직 어리긴 한데 지금은 무대 경험을 쌓는 중이고 나중에 기회가 되면요."

"으음, 완서 누나요? 재능이 특출나긴 하죠. 그래서 이번에 뽑은 거고요."

"그래요? 아이, 고마워요."

내가 어떻게 김완서의 재능을 알아봤는지 묻지도 않고 좋아했다. 단순한 감사 표현에도 교태를 잔뜩 흘리며.

의도인 건지 타고난 건지 여성의 향기가 셌다. 일반적인 남자라면 가슴이 진탕될지도.

하지만 난 여덟 살이다.

그것도 마음만 먹으면 한없이 미워질 여덟 살.

"바로 필요한 건 아니죠?"

"네, 나중에요."

"현재는 페이트 앨범과 용길이 아저씨를 집중적으로 케어

109

할 생각이긴 한데. 다른 일도 바쁘고. 으음…….”

고민하는 척하니 안달 나서 내 손을 잡는다.

김완선은 알아서 다른 쪽으로 갔다. 이런 일에 경험이 있
는 모양.

“부탁드려요. 우리 애는 반드시 성공해야 하니까요.”

그나저나 성공하고 싶어요 가 아니라 성공해야 한다고?

내포된 의미야 둘째치고 이 바닥에서 누군들 성공하고 싶
지 않겠나.

“그건 그렇고 앨범 자체를 말하는 건가요?”

“그래 주시면 제일 좋긴 한데…….”

이 아줌마가 어디서.

“저 바쁜 거 아시잖아요.”

“그……렇죠?”

심보가 마음에 들지 않아 탁 끊을까 하다가 일단 여지는 남
겼다. 순전히 김완서가 아까워서였다.

“한 곡 정도는 봐줄 수 있어요. 다만 한 곡이라도 계약은 우
리 식으로 맺어야 하는데 괜찮겠어요?”

“계약이요?”

왜 놀란 척일까?

다 알면서.

다시 작곡, 작사, 편곡에 관한 퍼센티지를 알려 줬다.

“매출의 20%를 창작자에게 지급해야 해요. 타이틀은 지급

될 금액의 50%를 가져가고요."

"예?!"

"왜 그러세요? 완서 누나 띄우고 싶다면서요?"

"아니, 그건 아니지만."

"그리고 곡당 1억이에요. 대신 계약서에 이런 조항을 넣어 드릴게요. 김완서란 이름을 대한민국에 각인시켜 주겠다고요. 만족할 만한 성과를 못 얻었을 시 전액 환불이고요. 기준은 그해 신인상 정도면 되겠죠?"

"아아……."

너무 휘몰아쳤나?

한백이는 잠시 정신을 차리지 못했다.

그러나 양보는 없다.

나와 계약하려면 의지를 보여야 했다. 아니, 오히려 그녀가 여기저기 돌아다니며 나에 대한 소문을 많이 냈으면 좋겠다.

그래야 앞으로 어중이떠중이가 곡 달라고 덤비지 않을 테니까. 내 곡을 받는 이들도 또한 은연중 1억짜리라는 걸 인식할 테고.

"생각해 보고 다시 오세요. 아! 이건 거절의 뜻이 아니에요. 다른 누가 오더라도 변하지 않는 정찰제입니다."

반드시 올 것이다. 대출을 받든 주변의 돈을 죄다 끌어모으든 한백이의 성공 욕망은 일반인을 가볍게 상회하고 나는 그 이상이다.

그리고 그녀는 와야 할 의무도 있었다.

겁도 없이 건드렸으니 오지 않는다면 '오늘 밤'은 다른 누군가에게로 갈지도 모르니까. 김완서 1집은 '오늘 밤' 말고는 거의 처참한 수준이고 '오늘 밤' 없다면 더 볼 것도 없었다.

한백이에게 시선을 거둔 난 곡을 받고 좋아하는 이문셈에게 갔다.

작년 8월 공식 1집인 '나는 행복한 사람'으로 데뷔했으나 누구도 그가 1집 가수인지 몰랐다.

폭망.

스스로도 인지하는지 표정이 무척 어두웠다.

자기도 귀가 있다면 내면서도 알았을 것이다. Can You Feel The Love Tonight와 1집의 차이점.

그러고 보니 이문셈 1집에는 유재아의 '그대 내 품에'도 들어가 있었다. 유재아도 어지간히 뿌리고 다닌 모양이다.

"형은 그 곡이 그렇게 좋아요?"

"응, 또 불러 줘서 너무 고마워."

"나도 형이 마음에 들긴 하는데……. 아쉽게도 남의 집 사람이라서 더 주기 곤란해요. 아시죠?"

"으음, 그렇지."

"1집 들어 봤어요."

"그래?"

반색했다가 다시 고개를 푹 숙인다.

머리가 좋은지 내가 그 얘기를 꺼낸 게 축하의 의미가 아닌 건 알았다.

"도저히 방법이 없는 앨범이더라고요. 어쩜 형의 재능을 못 살리는 곡으로만 죄다 도배해 놨는지."

"아……."

"아마도 지금쯤이면 소속사는 다른 길을 파고 있을 거예요."

"다른 길?"

"조금은 분위기를 바꿔 볼까 혹은 이름난 유력자의 곡을 받아 올까. 더 투자할 것 같더라고요."

"그래?"

"그러나 그것도 딱히 좋은 방향성은 아니에요. 별 의미 없는 짓 같고요. 왜 그런 거 있잖아요. 간지러운 건 허리인데 자꾸 허벅지만 긁는 거."

"……."

한숨을 푹푹 내쉰다.

나도 본론을 꺼냈다. 사실 이것도 충동적인 판단이긴 한데 김완서를 보고 나니 가질 수 있을 때 가지는 게 제일 좋을 것 같았다.

툭 던졌다.

"2집까지 가 보고 안 되겠으면 저 찾아오세요."

"……?"

"우리 회사 전속 가수가 되라고요. 내가 형 앨범 만들어 줄

113

테니까."

"아……."

눈이 커진다.

"천기누설이에요. 알죠? 발설하면 안 되는 거."

"아, 아아, 알았어."

"이 바닥이 좁아서 말이 돌면 금세 귀에 들어와요. 그 순간 형에게 간 기회는 사라지고요. 누굴 만나더라도 잘 생각해서 행동해 주세요."

"정말이야? 아아……. 정말 고마…… 어! 자, 잠깐만."

"예."

"나 근데 전속 기간이 남아 있어."

있겠지.

그러나 그것도 인기 가수에게나 중요한 일이다.

돈 못 버는 가수는 똥값.

"그건 걱정 말고 마음이나 정하고 있어요. 내 말 명심하고요."

"알았어. 시키는 대로 할게. 나 믿고 있을게."

"그래요. 날 믿으면 형은 성공할 거예요."

"고마워. 정말 고마워. 반드시 찾아올게."

눈시울이 붉어진 이문셈을 두고 몸을 돌렸다.

폭망한 앨범은 가수의 피멍이었다. 마음고생이 오죽했을까.

심혈을 기울여 만든 작품이, 온갖 기대와 꿈으로 도배한 작품이 외면받고 존재하는지조차 모르게 사라져야 한다면 누군들 심장에 스크래치가 새겨진다.

정성스레 차린 저녁상을 알아주지 않아도 섭섭한 판에 몇 년 혹은 그 이상의 정열이 들어간 결과물이 쓰레기 취급받는 다면 거의 하늘이 무너진다. 1년 걸려 완결한 소설이 단 1백 만 원도 못 벌고 사라질 때도 역시.

그러나 달리 보면 이것도 또한 이 바닥의 생리였다.

대중과 관계된 직업들은 대중의 인정을 받지 못하면 비 오는 날 땅바닥에 짓이겨진 만두만도 못했다.

이름을 얻지 못하면 살아도 산 사람 취급을 못 받고 그렇게 대다수는 사라지고 몇몇 소수만이 달콤한 꿈을 빨게 되는데.

그걸 모르는 게 아니라 해도 자꾸 그 꿈을 쫓아 부나방이 되는 건 다른 방법이 없어서였다. 본능이 자꾸 가라 외치니.

그래서 나도 겸사겸사 기회를 줄 뿐.

"주는 김에 좀 챙기지 뭐. 연이 닿았으니 챙기라는 거 아 냐? 인생은 원래 만남이잖아."

"실력은 이견이 없긴 한데······."

요즘 혼자서 중얼거리는 일이 잦아진 김석구였다.

연초 배당 잔치 후 그 증상이 더욱 심해졌는데 옆에 있는 멤버가 왜 저러나 눈살을 찌푸려도 멈추지 않았다.

결국 조용길에게까지 가게 됐다.

"너는 괜찮아?"

"뭘?"

"아니, 그게……. 좀 과하다는 생각 안 들어?"

"갑자기 무슨 소리야?"

기타를 튕기던 조용길이 몸을 홱 돌리자 위대한 탄생 다른 멤버들도 무슨 일이 있나 쳐다봤다.

여기에서 멈췄으면 좋았으련만.

김석구는 한 발 더 내디뎠다.

"아니, 거 대운이 있잖아."

"대운이가 왜?"

"하는 게 좀 그렇잖아. 돈을 너무 막 쓰는 거 같아서."

"그게 무슨 소리야?!"

장대운 얘기만 나오면 조용길이 새끼 낳은 어미 고양이처럼 구는 걸 알면서도 김석구는 자기 얘기하기 바빴다.

"사옥 짓는 거야 그렇다 치더라도 직원들 아파트에 살게 해 주는 건 뭔지. 십몇억씩 서독에 퍼붓고 주변 돌아다니며 땅이나 사고. 분당에는 저수지도 만든다고 하더라. 이게 음악 작업이야? 이상하지 않아?"

"……."

어이없다는 듯 한숨이 나와도 김석구는 멈추지 않았다.

"너도 그렇잖아. 그 짓만 안 했어도 너한테 돌아갈 배당금이 더 많았잖아. 열 안 받아?"

"너 무슨 얘길 하고 싶은 거야?"

"아니, 너무 월권을 하는 것 같아서. 왜 그 돈을 자기 돈처럼 쓰지?"

"……!"

조용길의 허리가 바로 섰다.

김석구는 그래도 나갔다.

"그렇잖아. 넌 이게 이상하다 생각 안 해?"

"잠깐만."

"응."

"넌 내가 주는 돈이 적냐?"

위대한 탄생은 처음부터 대기업 이사급 연봉을 받았다.

돈 생기면 장비에 다 투자하는 조용길인 만큼 그것을 운용하는 위대한 탄생에도 인색하게 굴지 않았다.

"아니, 그런 건 아니고."

"그게 아니라면 석구 네가 대운이가 우스운가 보네."

"뭐?"

"너. 도대체 뭐가 불만인지 모르겠는데. 하기 싫으면 나가. 여태까지 끌어 준 은혜도 모르고 누구한테 협잡질이야!"

"용길아. 아니, 난 널 위해서."

"그게 왜 날 위해서야? 내가 원했어? 너 착각하지 마. 그리고 난 1년 만에 투자한 돈의 열 배를 벌었어. 더 뭘 원한다는 거야?!"

"야! 더 벌 수도 있었다고 말한 거잖아. 내가 없는 말 했어? 걔가 들어온 이후 말도 안 되는 일투성이잖아."

"이 자식이 그래도……."

"좋다고. 성공한 거 나도 안다고. 그래서 뭐? 우리가 없었으면 그만한 성공이 있었어? 원래 걔 없어도 우리끼리 잘 지냈잖아. 그걸 짚어 주는 것뿐이라고."

"웃기지 마. 넌 지금 네 불만을 나한테 떠넘기려는 거잖아. 난 하나도 불만 없고 앞으로도 계속 대운이와 함께 할 생각이라고. 그게 싫으면 네가 떠나면 되잖아."

"이 자식이. 근데 사람이 좋게 얘기해 주면 좀 알아 처먹든가 해야지. 넌 뭐가 그렇게 잘났는데."

"그래, 나 잘났다. 멍청하게 속은 나를 대신해 곡 찾아 준 사람도 대운이고 부족한 나를 국민 영웅까지 올려 준 사람도 대운이야. 네가 뭘 안다고 지껄여. 지군레코드 사장한테도 그딴 식으로 말 할래?! 이 자식이 아주 몹쓸 놈이네. 야! 나가. 나가라고 자식아!"

"야! 나가라면 못 나갈 줄 알아?! 천난아, 가자."

기타는 그렇다 치고 가만히 있던 드러머까지 일어나자 조용길의 안색이 싹 변했다.

"내가 가까운 곳에서 버러지를 키우고 있었구만. 알았다. 오늘까지 일한 거 쳐줄 테니까 너희는 내일부터 나오지 마라.

혹시 또 나갈 사람 있어?"

갑자기 일이 커진 터라 이호진은 물론 베이스 송홍석, 키보드 유상운은 감히 말리지도 못했다.

조용길은 단호했다.

본디 밴드란 결성과 해체가 빈번하게 일어났다. 지금 멤버도 NHK 콘서트 때문에 급히 결성한 것뿐.

물론 되도록 좋게 지내는 게 좋겠지만, 불순분자는 활동에 하등 도움되지 않았다.

게다가 은혜도 모르고 누굴 감히.

화가 나 부르르 떨고 있는데 김석구와 백천난은 곱게 나가지도 않았다.

"이게 좋은 말 해 줘도 지랄이야. 그래, 더러워서 나가 준다. 언제까지 너희들끼리 물고 빨고 하나 보자. 내 장담하는데 넌 그 애새끼한테 이용당하다가 쓰레기처럼 버려질 거다. 에이 퉤다. 개자식아."

"……."

나가는 두 사람을 조용길이 잡았다.

"나갈 때 나가더라도 탈퇴서와 포기서는 쓰고 나가. 나쁜 놈들아."

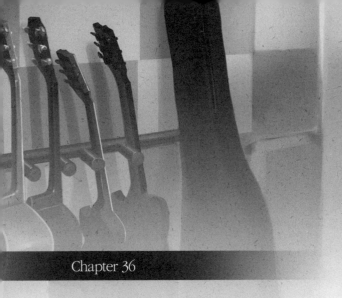

Chapter 36

떵동떵동.

구로의 어느 주택 대문 앞에서 김연이 초인종을 눌렀다.

몇 번이나 눌러도 집안은 조용했고 사람이 없는 듯 보였지만 포기하지 않고 계속 누르자 결국 안에서 사람이 나왔다.

"누구시오? 누군데 자꾸 벨을 누르오?!"

말투부터가 전투적이다.

그러나 예의를 갖춰.

"안녕하세요. 민애경 씨 집 맞죠?"

"그런 사람 없소!"

쌀쌀맞게 탁 끊어 버리나 김연은 그가 들어가기 전에 먼저 자기소개부터 했다.

"기자 아닙니다. 저는 조용길 씨 소속사에서 왔습니다. 민애경 씨가 필요해서요."

"뭐요?!"

"여기 명함도 있습니다."

문틈으로 밀어 넣었다.

"저도 얘기 다 듣고 왔습니다. 하지만 방송 못 한다고 음악을 못 하는 건 아니지 않습니까. 저에게 설명할 기회를 한번 주십시오."

"……."

"따님 찾아 일본에 가려다 부모님께 먼저 허락받으려 여기까지 찾아온 겁니다. 잠깐만 시간을 주시면 자초지종을 설명해 드리겠습니다."

"……정말 기자 아니오?"

"금방 드러날 거짓말을 해서 뭐하겠습니까. 안 그래도 좋지 않은 분위기에 말이죠. 민애경 씨에게 충분히 도움될 만한 일이니 시간 좀 내주십시오."

그제야 문이 빼꼼히 열리며 장년의 남자가 모습을 드러냈다.

아버지가 군인 출신이라더니 확실히 각이 매서운 남자였다.

김연은 다시 정중하게 인사했고 남자의 안내에 따라 집 안으로 들어갔다.

아버지가 물이라도 내오는 사이 거실 한쪽에 있는 턴테이블을 발견한 김연은 가져온 페이트 1집부터 올렸다.

"이것부터 들어 보십시오. 이 앨범이 지금 일본에서 90만 장 판매고를 올리고 있습니다. 지금도 계속 매출이 늘어나는 추세고요."

"지금 뭐 하는 거요?"

"잠시만 참아 주십시오. 전 음반 제작사에서 왔고 우리가 제작하는 앨범을 들려 드리고 싶습니다. 백 번 입으로 소개하는 것보다 이게 더 나을 것 같아서요."

"……"

"부탁드립니다."

"알았소. 내 들어 보지."

40분 남짓한 시간 동안 1집을 들려준 김연은 조용길, 이민자, 패틴 김 등 참여한 가수들도 소개했다.

그제야 민애경 아버지도 경계를 푸는지 손을 내밀었다.

"거짓말은 아닌 것 같군. 나 백천수요."

"김연입니다."

"들어 보니 꼭 해외 앨범 같은데 정말 여기에서 제작했소?"

"목소리 들으시면 아시지 않습니까. 조용길, 이민자, 패틴 김."

"커흠흠, 그럼 우리 아이는 왜 찾는 거요?"

"페이트 2집에 자리가 하나 비었습니다. 저희 총괄님께서 민애경 씨를 잘 봤는지 당장 일본으로 가 모셔 오라고 하셔서 이리로 찾아온 겁니다. 이게 순서 같아서요."

"우리 아이를 모셔 오라…… 정말 그러오? 그럼 내 그 회사에 찾아가도 됩니까?"

"언제든지 오십시오. 지하엔 음악다방 카프카가 있고 대방역을 오가는 셔틀버스에 건물도 특이하여 찾기 편하실 겁니다. 여의도에서는 모르는 사람이 없습니다."

"자신만만하군요."

"저희 총괄님과 일하게 되면 누구라도 이렇게 됩니다. 애사심이 넘쳐지지요."

"거 알았소. 그럼 내가 어떻게 하면 되오?"

"민애경 씨와 전화 통화 하게 해 주시면 됩니다."

"전화 통화요?"

백천수의 왼쪽 눈썹이 올라갔다.

"네, 전화해서서 바꿔 주시면 충분합니다."

"바꿔 주기만 하면 된다? 정말 그것이면 되오?"

그동안 마음고생이 심했는지 연결하는 대목이 오자 주저함이 나왔다.

김연은 십분 이해했다.

귀한 딸이 한국에 있지도 못하고 일본으로 피신 갈 정도였다. 그사이 세상 개차반은 다 봤을 것이다.

그렇지만 이도 일이었다.

단호하게 나갔다.

"그래서 일부러 전화번호도 안 여쭙지 않습니까. 민애경

씨가 싫다 하면 바로 돌아설 요량으로요."

"아……."

백천수도 김연이 들어온 이래 음반을 틀어 준 것 말고는 아무것도 한 게 없다는 걸 깨달았다.

확실히 기자와는 달랐다. 어디 뭐 없나 유심히 살펴보는 것도 없고 눈빛도 정정당당했다. 전화도 직접 걸어서 바꿔 달라고만 하고.

그제야 백천수도 전화기를 잡았다.

"으응, 아가. 나다. 잘 지내지? 그래, 그런데 하나 물어봐도 될까? 응, 혹시 거기 페이트란 앨범 유명해? ……유명하다고? 너도 샀다고? 요새 그거 듣는다고? 아! 알았다. 여기 페이트 앨범 제작자가 와 계시는데 너랑 통화 하고 싶단다. 바꿔 줄까? 싫으면 이대로 끊어도 되고. 맞아. 정말이야. 집까지 찾아와서 페이트 앨범을 틀어 줬어. 기자는 아닌 것 같다. 알았다. 알았어. 바꿔 줄게."

넘겨주는 수화기를 받은 김연은 즉시 자기소개에 들어갔고 용건만 간단히 말했다.

"민애경 씨의 목소리를 원합니다. 되도록 빨리 결정을 내려서 알려 주십시오. 2집 앨범에 들어갈 멤버가 다 찼으니까요. 네네, 넘어오시겠다고요? 물론입니다. 아버지와 오시면 더 좋습니다. 약속은 언제로 잡을까요? 이틀 뒤요? 아주 빠르시네요. 알겠습니다. 더 잘됐습니다. 안 그래도 멤버들이 다

127

시 모이는 날이니까요."

끝.

◇ ◆ ◇

순항 중인 가운데 갑작스럽게 좋지 않은 소식이 닥쳤다.

위대한 탄생에서 기타와 드럼이 이탈했단다.

조용길이 와서 탈퇴서와 포기서를 턱 던져 주는데⋯⋯.

어째서 이런 일이⋯⋯란 생각보다 조용길의 손을 잡았다.

"괜찮으세요?"

"나?"

"네."

"괜찮아. 아니, 조금 충격이긴 한데 이 정도는 견딜 만해.
그나저나 미안해서 어쩌지? 다시 세팅해야 할 것 같은데."

"일정은 미뤄도 돼요. 일정이 뭐라고 쫓길까요. 근데 아저
씨, 이유를 물어봐도 돼요?"

"별거 아냐. 작년부터 궁시렁대기 시작하더니 배당금 지급
후부터 너무 심해졌어. 뭔가 공평하지 않다나 뭐라나. 결국
찾아오더니 나더러 너 돈 투자하는 것 가지고도 뭐라 하더라.
그래서 언성이 높아졌어."

"돈 때문이군요."

"미리 말하지만 난 너의 투자를 좋게 보고 있어. 나조차도

돈만 생기면 악기에 투자하잖아. 너도 회사를 위해 이것저것 들여다보는 거 맞잖아."

"예, 맞아요."

"욕심이 난 거야. 큰돈이 오가니. 페이트 편곡 배당금도 작지 않은데."

매출 45억의 5%면 2억2천이 넘었다. 이걸 다섯 명이 나누면 인당 4천5백 정도 돌아갔다. 나의 25억에는 터무니없이 못 미치지만, 이는 번외 수입이나 마찬가지였다. 내 머릿속에 든 곡을 구현해 준 것에 대한 고마움의 표현이었으니까.

즉 위대한 탄생은 편곡자가 아니었다. 연주자지.

1집을 발매하며, 그들을 편곡자의 지위에 올리며 난 이점을 분명히 밝혔다. 모두 동의하에 편곡 계약을 했는데 일이 더럽게 틀어진 모양이다.

"어리석은 사람들이네요. 가만히만 있어도 페이트 1집에 대한 로열티를 가져갈 텐데. 탈퇴하면서 그 권리까지 소멸시키고."

"어쩔 수 없지. 돈이 오가는 걸 보더니 눈이 돌아갔어. 아니, 애초에 잘됐어. 불안 요소는 언제든 정체를 드러내기 마련인데 초반에 잡아서."

병증이었다.

언더그라운드에서 배고플 때 의기투합한 밴드들이 이름을 얻고 돈맛을 보는 순간 몇 년을 못 버티고 하나둘 해체 수순을 밟는 것처럼.

이 일도 그렇게 보는 게 맞을 것이다.

"알았어요. 이왕 이렇게 된 거 시간을 두고 좋은 사람을 찾아보죠."

"시간 끌 거 없다. 위대한 탄생에 자리가 났다고 알리면 찾아올 사람 천지다. 그리고 앞으로는 위대한 탄생과 편곡 계약은 하지 않았으면 해. 지금 있는 애들도 내가 포기각서 받을게. 그래도 되지?"

원천적으로 선을 그으려 한다.

위대한 탄생은 오직 조용길에 의해서만 움직이도록.

안 그래도 미안한 감이 있었는데 나도 얼른 사과했다.

"……죄송해요. 제가 너무 오지랖 부린 거죠?"

"아니야. 당시엔 나도 웃으며 지나갔는데 이번 일을 겪고 곰곰이 생각해 보니까 굳이 그렇게까지 챙겨 줄 필요는 없겠다는 생각이 들었어. 그리해 줄 수 있지? 다른 애들한테는 내가 설명할게."

"알았어요. 그럼 그렇게 할게요."

"알았다. 미안하다. 괜한 물의를 일으켜서."

"아니에요. 제가 더 죄송하죠."

"그래, 우리 서로 미안해하자. 이틀 뒤에 모이는 거지?"

"예."

"그때 보자고. 나도 여기저기 연락해 볼 데가 있어서."

"네, 들어가세요."

그렇게 이틀 뒤,

여느 때와 같이 아침에 출근했더니.

조용길과 위대한 탄생이 먼저 와 연습하고 있었다.

기타를 들고 있는 이가 익숙했다. 저번에 식스맨으로 합류했던 아라이(박청기)였다. 다음으로는 드럼이었는데 이 사람도 꽤 특이한 패션이었다.

"아라이는 알 테고 드럼은 사무엘 오카모토라고 내가 일본에서 급히 불렀어."

"아……."

일본 사람이구나. 어쩐지.

"괜찮지?"

"저야 뭐 좋죠."

"실력은 괜찮아. 아니, 나간 놈들보다 더 좋지."

조용길이 보증한 대로 실력 문제는 전혀 없었다.

1번 트랙부터 10번 트랙까지 전부 순항.

한 2시간 구경했나?

이번엔 페이트 멤버들이 모이기 시작했다. 서로 인사 나누고 얼굴을 익히고 어느 정도 분위기가 만들어지자 난 바로 콜을 넣었다.

"일단 용길이 아저씨부터 진행해 볼까요?"

"좋지."

사무엘 오카모토의 신랄한 드럼 연주와 함께 Oh my Julia 가 포문을 열었다. 기분 탓인지 저번보다 사운드가 더 좋게 느껴졌다. 조용길의 완숙한 음색이 멜로디를 타고 녹음실을 가득 채웠는데 영어도 일본어 버전도 어느 것 하나 손댈 게 없었다.

퍼펙트.

"오케이. 좋아요. 바로 다음 곡으로 가죠."

히카루 겐지의 '파라다이스 은하'가 시작되었다.

그 곡마저 아이돌 그룹이 생각나지 않을 정도로 완벽하게 구현해 내는 조용길과 위대한 탄생이라.

더 들어 볼 것도 없었다.

"좋아요. 이대로 녹음하자고요. 혹시 변동 사항이 있으시 거나 하면 알려 주시고요."

"알았어."

조용길이 나가고 다음 타자를 찾는데 불쑥 지군레코드 사 장이 들어왔다.

"어!"

"나왔어. 대운아."

"언제 오셨어요?"

"방금. 이번 곡은 좀 일본틱한데."

"맞아요. 이번엔 한국어로는 안 만들어요. 영어랑 일본어 버전만 나올 거예요."

"얘기는 들었어. 나 계속 있어도 되지? 구경하게."

"그럼요."

다음 순서는 '춤추는 폼포코링'이었다.

전인건, 김완서, 신영원이 부스에 들어갔고 연주와 함께 노래가 시작됐다.

그러나 얼마 지나지 않아 불협화음이 났다. 전인건이 포지셔닝을 하지 못 한데서 오는 문제였는데 원체 이런 곡을 경험해 본 적 없는 게 너무 티 났다.

우선은 다독거렸다.

"자, 쉽게 갈게요. 공통 구간 외 인건이 형은 특유의 거친 감성으로 코러스 위주로 가 보세요. 그렇죠. 그 대목에서 으어어어~ 샤우팅을 넣는 거죠. 그래요. 이야~ 훨씬 듣기 좋잖아요. 역시 이런 샤우팅은 형이 최고예요."

기운부터 북돋워 주고.

파트를 나누고.

화음도 맞췄다.

별국화의 음악과는 지향점 자체가 너무도 다른 곡이라 시험 삼아 넣은 것이 실패가 되지 않도록 나도 최선을 다했다.

그렇게 한창 집중하고 있을 때 뒤쪽 녹음실 문이 열리며 김연과 백천수, 민애경이 같이 들어왔다.

"어머."

후끈한 열기를 몸으로 느꼈는지 민애경은 자기도 모르게

부르르 떨었고 단번에 조용길과 지군레코드 사장을 알아보았다.

"아빠, 저기 조용길……."

"응?"

"저분은 지군레코드 사장님이셔. 우리나라 최고의 레코드사."

"벌써 진행 중이군요. 잠시 여기 앉아 기다려주시겠어요?"

김연의 안내에 고개를 끄덕인 부녀는 조용히 한쪽 구석에 앉았고 그런 민애경에 관심을 가지는 사람은 아무도 없었다. 각자 자기 앞에 떨어진 불똥을 치우느라 정신이 없어 눈도 못 돌렸으니까.

그때 또 문이 열리며 삐쭉 빼쭉 자신 없는 모습으로 한 사람이 더 들어왔다.

장혜린이었다. 김연은 장혜린도 잘 왔다며 반갑게 맞이했는데 민애경 부녀 옆에 나란히 앉혔다. 얼떨결에 옆에 앉은 두 사람은 서로 눈인사로 얼굴을 익혔고 또 금세 '춤추는 폼 포코링'의 파격 멜로디에 시선을 집중했다.

그때 또 끝판왕 격인 이민자가 문을 벌컥 열고 들어왔다.

"나 왔어~ 대운이 어딨어?"

"저기 안에서 녹음 중이세요."

"그래? 나도 가 봐야지."

슉 들어가 버리는 그녀를 두고 백천수는 물론 민애경도 굳었다.

지금껏 김연이 해 온 말이 한 치도 틀림없다는 사실을 두 눈으로 목격한 것이다. 부녀는 서로의 손을 잡았고 지금까지와는 달리 눈을 빛냈다.

안으로 들어갔던 이민자는 금세 다시 밖으로 나와 이런 말을 했다.

"저기, 미안한데. 내가 좀 바빠서 그러거든. 나 먼저 녹음해도 되지? 미안."

누가 그녀를 말릴까.

신인들이고 조금이라도 늦게 녹음할수록 연습 시간이 느는지라 말없이 고개를 끄덕이는 거로 허락, 이민자는 좋다고 들어갔다.

'춤추는 폼포코링'이 끝났고 이민자가 부스에 들어갔다.

"나 양해받고 왔어. 해도 되지?"

"그래요? 그럼 시작할게요."

엔카에서 이민자식 트로트로 재탄생된 '이 생명 다 바쳐'가 연주되며 그녀의 목소리가 녹음실을 울렸다.

아주 부드럽고 청아했다.

그녀의 목소리는 언제 들어도 명불허전.

그러나 고칠 곳은 많았다.

"거긴 조금 더 힘을 줘도 돼요. 너무 곱게만 부르는 건 지양할게요. 그렇죠. 격정이 차오를 땐 스스로를 놔 버리는 것도 한 방법이에요. 본래 절제가 미덕이긴 한데 약간의 감정선 안

내 정도는 괜찮아요. 오케이, 역시 선배님. 본때를 보여 주시네요."

다섯 번 정도 오가니 윤곽이 확실히 드러났다.

가녹음 끝.

"나 잘했어?"

"이대로만 해 주시면 돼요. 나중에 진짜 녹음 때 지군레코드로 오시면 되고요."

"알았어. 그렇게 알고 있을게. 나 가도 되지?"

"예."

콧노래를 부르며 나간 이민자는 대기하는 모두에게 잘들 하라며 퇴장했고 다음 콜에 이문셈이 뛰어 들어왔다.

민애경 부녀가 멤버들을 유심히 지켜보는 사이 김경희와 '시작은 언제나 비'를 부르던 김현신이 이문셈의 뒤를 이었고 아까부터 On Your Mark의 화음을 맞추던 쌍둥이 형제 수와 준이 김현신이 나오자마자 얼른 들어갔다. 혼자서 벽보고 연습하던 아가씨 우신실까지 '눈의 꽃'으로 학교 선생님에게 숙제 검사 맡듯 들어갔다가 잔뜩 상기된 표정으로 나오자 민애경의 긴장감은 한없이 치솟았다.

이제 남은 건 바로 옆에 앉은 수수한 옷차림의 장혜린이었다.

그때 지군레코드 사장이 고개를 빼꼼 내밀어 남은 사람을 부르려다 민애경을 발견했다.

"두 사람 다 들어오세…… 어! 너는."

"……안녕하세요."

민애경도 얼른 일어나 인사했다.

지군레코드 사장은 가까이 다가와서 그녀를 살폈고 씨익 미소 지었다.

"너도 불렀어? 이야~ 대운이가 큰마음 먹었네. 여튼 반갑다야. 요새 고생 많지?"

"아, 예."

"근데 이분은?"

"제 아버지세요."

"아! 아이고, 반갑습니다. 나 김정수입니다."

얼른 손부터 내밀자.

딱 봐도 손윗사람인지라 백천수도 잠잠히 맞잡았다.

"백천수입니다."

"같은 '수'자 돌림이구만. 잘 왔어요. 딸내미 걱정돼서 같이 온 거지요?"

"예, 그렇게 됐습니다."

민망한 표정이 나왔다.

"쩝, 그래도 잘 오셨소. 사실 내가 이런 말 꺼내는 게 우습긴 한데 여기 오필승 엔터테인먼트가 대한민국 최고요. 기회를 잘 잡아 보시오."

"저야 보호자 자격으로 따라온 거라 잘 모릅니다."

"하긴……. 아차차, 대운이가 다음 사람 데려오라 했는데.

자, 손님 들어가신다."

지군레코드 사장이 비켜 주자 민애경 부녀가 들어갔다. 장혜린도 수줍은 듯 뒤따라 들어갔다. 그런 장혜린을 유심히 살핀 지군레코드 사장은 또 오지랖이 도지는지 막 순서를 정하려는 내게 달려들었다.

"얘는 어디서 찾았어?"

"누구요?"

"얘."

"혜린이 누나요?"

"응."

"그야 우리 실장님이 데려왔죠."

"김 실장이? 하아~ 이 양반이 일 하나는 기똥차게 한다니까. 페이트 녹음에 있는 걸 보니까 실력은 확실할 테고 와꾸도 너무 좋잖아. 각이 딱 나오는데."

"탐나요?"

"탐은 무슨. 네 손을 거치는 게 훨씬 좋지. 어디 들어나 보자고."

혼자 설레발이라.

"근데 사장님. 혜린이 누나는 아직 곡을 못 받았어요. 저번에 망설여서."

"망설여? 엥? 네 곡을? 얘가?!"

무슨 말도 안 되는 소리냐는 듯 지군레코드 사장이 눈을 부라리자 가뜩이나 움츠려 있던 장혜린은 쭈그러들어 지하까지 처박혔다.

얼른 막았다.

"아이고, 사장님. 뒤로 좀 물러나 계세요. 누나 노래부터 듣게요. 사장님을 무서워하잖아요."

"아, 그런가. 미안. 그럴 의도는 없었어."

지군레코드 사장이 한발 물러나자 난 장혜린의 손을 잡았다.

"누나."

"……."

말이 없다.

또 주눅 든 모양.

"자, 날 봐요. 다른 데는 시선 주지 말고 나와 눈을 맞춰요."

"……."

시선이 슬쩍 움직인다.

"맞아요. 그렇게 내 눈을 봐요. 나 여깄어요."

"……."

겨우 눈을 맞춘다.

"노래 부르고 싶죠?"

"……예."

"그럼 어떤 상황에서든 자기 노래 정돈 부를 수 있어야 해요. 그렇다고 거칠어질 필요는 없어요. 다만 가수가 환경에 따라 자기 실력을 발휘 못 하면 가수를 보러 온 관객은 뭐가 돼요. 내 말 이해하죠? 힘 좀 내봐요."

"아……. 미안합니다."

고개를 숙인다.

"아니에요. 사과받자고 하는 게 아니에요. 묻는 거예요. 가수 되고 싶은지."

"예……. 가수가 되고 싶어요."

"김 실장님이 준 메모를 보니까 노래를 몇 곡 준비해 오셨던데 불러 줄 수 있어요?"

"……."

망설인다.

"지금 안 되겠으면 기다려 줄게요. 괜찮죠?"

"……아니요. 지금 해 볼게요. 할 수 있어요."

입술을 앙 무는 장혜린이었다.

나도 미소 지었다.

"그래요. 그렇게 한걸음 내딛는 거죠. 나만 봐요. 나만 믿고 나를 위해 불러 줘요. 그래 줄 수 있죠?"

"예."

"그럼 들어가 보세요."

그마저도 조심히 들어간 그녀는 몇 번의 심호흡 끝에 마음을 정리한 후에야 더듬더듬 노래를 시작했다.

처음의 떨림이 지나가고.

궤도를 탄 그녀의 음색은 서서히 예전의 장혜린을 떠올리게 했다. 지금 부르는 곡도 보통이 아니었다.

Eagles의 Hotel California라니.

놀라웠다.

이 곡을 장혜린의 목소리로 들을 줄이야.

1976년 12월에 발표돼 전 세계를 강타한 말이 필요 없는 명곡.

평론가적 시선으로의 한 줄 평은 요정도가 적당하지 않을까.

혼란스러운 시대, 급격히 무너지는 전통과 걷잡을 수 없이 변질되는 가치 사이에서 하릴없이 휘둘리며 겪었던 심리적 두려움을 시너컬한 음률로서 완벽하게 반전시킨, 향후 몇십 년이 흘러도 추앙받을 불후의 명곡.

그 곡이 지금 장혜린의 입에서 흘러나오고 있었다.

띠리리링

그 순간 아라이가 장혜린의 노래에 맞춰 기타의 선율을 집어넣었다. 그걸 신호로 사무엘 오카모토의 드럼이 맥동하는 심장을 부여했고 키보드, 베이스가 너도나도 들어가 받치며 단번에 이글스를 완성시켰다.

박수가 절로 나왔다.

몇 곡 더 준비해 왔다지만 더 들을 필요 없었다.

바로 Dance in the Memories를 들려 줬다.

"누나가 부를 곡이에요."

장혜린은 그 자리에서 몇 번이나 반복해서 들었고 가이드가 녹음된 테이프를 두 손 모아 감쌌다.

나는 김연을 따로 불러 장혜린의 기초를 닦아 주라 일렀다.

가수로서 갖춰야 할 기본적인 소양 없이는 밀려드는 질시와 손가락질의 파랑을 견딜 수 없었다. 이를 대비한…… 이런 상황엔 이런 식으로 생각하고 저런 상황엔 저런 식으로 생각하게끔 프로그램을 짜 주라 하였다. 당장에 계약하라고.

계약금은 5백.

장혜린도 끝.

다음은 민애경이었다. 아버지의 손을 꼭 잡고 나를 보는 민애경.

그녀가 정열과 두려움이 뒤섞인 눈빛으로 나를 향했다. 온갖 착잡함이 묻은 몸짓과 함께.

나를 믿지 못했다.

'흐음……'

늘 아쉬운 부분이지만 이제는 익숙하다.

누구든 날 이해하고 받아들이는 데는 시간이 필요했다. 아마도 내 얼굴과 이름이 널리 알려지기 전까진 계속될 것이다.

나도 인정했다.

그러니까 모두가 그렇다는 건 내가 정상이 아니라는 것.

오버테크놀로지를 발휘하는 내 문제였고 결국 내가 헤쳐

나갈 일이었다.

그래서 장혜린과 똑같이 다가갔다. 나부터가 당연한 듯 여겨야 하니까.

"자, 준비한 노래가 있나요? 메모가 넘어오지 않았던데."

멈칫,

머뭇대던 민애경은 아무런 말도 꺼내지 않았다.

그러다 혼자서 또 눈시울을 붉히더니 울어 버렸다. 모두가 당황스럽게.

"……."

왜 울까?

내 행동 어디에 문제가 있었나? 나도 나름대로 최선을 다한 건데.

한편으로는 짜증도 올라왔다.

여기까지 와서 울어야 했나?

사정은 알지만, 이 자리에까지 왔다는 건 노래하겠다는 뜻이 아닌가?

이 사람도 상담이 필요한 건가?

그녀가 진정하는 데는 시간이 필요했다.

보통이라면 다음에 만나자고 할 만했지만 이대로 보낸다면 아무래도 다시 볼 수 없을 것 같아 한발 물러서서 놔뒀다.

그리고 그녀는 누가 묻지도 않았는데 자기 심경을 꺼냈다.

"너무 괴로워요. 암흑 터널에 들어선 것 같고 덤불 가시가 계속 찌르는 것 같이 가슴이 아파요. 어째서 이런 일이 나에게 벌어졌을까요? 흐흐흑, 영영 나아질 것 같지 않아요. 앞으로 난 어떻게 살아야 할까요?"

"미연아(민애경의 본명. 백미연). 이 녀석아!"

"……."

"……."

"……."

"……."

아버지 백천수만이 단말마 안타까움을 내뱉었을 뿐 누구도 그녀의 질문에 답을 해 주지 못했다. 일찍이 이런 일을 겪은 조용길조차도.

섣불리 끼어들어선 안 될 것이다.

일의 진위도 모르니까.

가족이 아닌 이상, 가족이라도 사실 이런 일은 끼어들기 힘들다. 대책 없이 울어 버린 딸에 백천수만 안절부절못하고.

"괜찮아. 괜찮아질 거야. 안 그랬잖아. 헛소문이잖아. 진실은 언제든 밝혀지기 마련이야. 그러니까 그만 울고. 미연아, 아빠를 봐. 조금만 참으면 괜찮아질 거야."

"흐흐흑, 아빠……."

"걱정하지 마. 이 아빠가 다 책임질게. 그러니까 넌 아무런 생각 말고 아빠랑 같이 있자. 아빠가 다 알아서 해 줄게."

그런데 왜 이럴까.

딸을 향한 아버지의 절규가 자꾸 나의 예민을 건든다.

화가 치솟았다.

나는 나도 모르게 끼어들고 말았다.

"절대로 안 괜찮아져요."

"뭐?"

"대운아."

"누나도 느끼고 있을 거 아니에요. 이런 종류는 덮어 두는 거지 절대로 사라지지 않는다는 걸요. 그 생채기, 흘린 피가 '아니야. 괜찮아' 한다고 없어지는 일이 될까요?"

다들 입을 떡 벌린다.

"앞으로도 절대 나아지지 않을 거예요. 평생 꼬리표처럼 따라다닐 수도 있어요. 지워지지 않는 상처는 말 그대로 지워지지 않는 상처니까요."

"너 지금 무슨 말을……."

백천수가 기겁해 날 막으려 하나 조용길과 김연이 막았다. 가만히 계시라고.

나는 여전히 민애경에서 시선을 떼지 않았다.

스무 살 꽃다운 나이에 요정 출입이라는 오명을 쓰고 외국으로 쫓겨나간 가수가, 한없이 처량해진 여인이 내 앞에 있었다.

"그런데 말이죠. 이게 참 재미있어요. 저것만 치우면, 저 돌멩이만 치우면 세상 참 살아 볼 만하고 행복할 것 같은데. 막상 그걸 치우잖아요. 전에는 보이지도 않던 나뭇가지가 수

십 배 커져서 사람을 힘들게 해요."

"······!"

"······!"

"······!"

"······!"

"누나. 앞으로 어떻게 살아야 하느냐고 물었죠?"

"으, 으응."

"하나만 명심해요. 내 주위의 문제가 모두 깨끗해지고 사랑만이 가득한 세상은 절대로 오지 않아요. 누구나 문제를 안고 살고 설사 기억을 지우는 마법이 있더라도, 그래서 누나의 기억을 지운다고 하더라도 있는 일이 없어지지 않는다는 걸 알아야 하죠. 대한민국 전체의 기억을 지운다면 모를까. 즉 누나의 상처는 불치병이에요. 아무도 못 고쳐요."

"불치병······."

"그것부터 인정하고 시작하세요. 나중에 억울함이 풀린다고 한들 다친 상처가 없어질까요? 아니에요. 상처는 여전히 상처예요. 이래서 괜한 희망을 주는 사람이 제일 나빠요. 여기 어디에 상처 하나 없는 사람이 있을까요? 다들 끌어안고 사는 거지."

"······."

"전 그렇게 생각해요. 우리가 삶에서 배워야 할 건 가시밭길에서도 웃는 방법이에요. 가시밭길이랑 진흙탕은 언제고 만나야 하고 그때 '에이씨 똥 밟았네'하며 지나갈 수 있어야 하지 않을까요? 진짜 잘못한 거면 사과하고 자숙하고 아니면 그 부분에서만큼은 포기해야죠. 사실이 밝혀진다 한들 대중은 절대 책임지지 않거든요."

"······."

"······."

"······."

"······."

"······."

떠들긴 했는데.

좀 후회되었다.

또 오지랖 부렸구나.

또 남의 일에 끼어들었구나.

내 판단이, 내 말이, 정답이 아닐진대 또 정답처럼 굴었구나. 바보같이.

얼른 사과했다.

"죄송해요. 어린 제가 뭘 안다고 멋대로 떠들었네요."

"······."

"······."

"······."

"······."

오늘은 접으려 했다.

이런 마당에 무슨 녹음일까.

그때 민애경이 흐르던 눈물을 훔쳤다.

"……아니야."

"……!"

"네 말…… 틀린 게 하나도 없어."

그 큰 눈에 다시 힘이 들어차기 시작했다.

"맞아. 이 일은 모두가 잊어도 나는 잊지 못해. 아마도 평생 안고 가겠지. 나도 알아. 아무도 책임지지 않는다는 걸."

"……."

"고마워. 이제야 나도 길이 보이는 것 같아."

나를 꼬옥 안는다.

"나 그만 울고 열심히 살 거야. 연습도 철저히 하고. 끝까지 살아남을 거야."

"……믿어요."

"언젠가 다시 돌아올 수 있는 날 꼭 너에게 먼저 올게. 나 받아 줄 거지?"

"물론이죠."

"알았어."

일어났다.

스스로 부스에 들어갔고 장혜린처럼 무반주로 노래를 불렀다.

우는 바람에 목이 잠기긴 했지만, 특유의 까랑까랑한 목소리는 여전했다. '어느 소녀의 사랑 이야기'였다.

나는 이런 제안을 했다.

"누나는 발라드도 좋지만, 댄스가 더 맞는 것 같아요."

"댄스?"

"댄스 장르라고 꼭 댄스를 출 필요는 없어요. 누나의 음색이 그래요. 조금 더 경쾌하고 빠른 곡에 어울려요. 일단 이것부터 들어 보실래요?"

"응."

프린세스 프린세스의 Diamonds를 틀어 주었다.

초반부터 치고 들어오는 빠르고 가볍고 통통 튀는 멜로디에 민애경의 눈이 번쩍 떠졌다.

"당돌하게 부르세요. 네까짓 게 아무리 내게 뭐래도 난 흔들리지 않아. 내가 원하는 대로 살 거야! 이런 마음으로 곡을 연습해 오세요. 녹음된 테이프랑 가사지도 드릴 테니까 잊지 말고 음미하면서 불러 봐요. 누나라면 충분히 가능하니까 걱정 마시고요."

민애경은 연신 고맙다 인사했고 또 연신 죄송하다며 허리를 숙이고서야 돌아갔다.

한결 개운해진 표정에서 희망이 보였다. 잘만 케어해 준다면 금세 일어설 수 있을 것 같았다.

"후우…… 끝났다."

민애경도 민애경이지만 나도 이제야 겨우 곡 배분을 마친 거다.

물론 이것이 끝은 아니었다.

바로 녹음해도 되는 이들도 있었지만 수십 번, 수백 번 더 불러야 하는 이도 있었다. 1집에 비해 신인들이 대거 포진되다 보니 원하는 수준까지 올라오는데 물리적인 시간이 더 필요했다.

이 문제는 천천히 짚어 볼까 한다.

"연습하세요. 연습만이 길이다. 파이팅!"

무한 반복 노가다에 들어갔다.

한 번 봐서 모르면 세 번 보고 세 번 봐도 모르면 열 번, 백 번 보면 된다. 밤낮없이 한 곡만 잡고 움직이는데 그걸 못 하면 가수를 때려치워야지.

연습에 연습.

또 연습.

아침부터 저녁까지 줄곧 연습만 해 오길 열흘쯤 지나자 내가 원하는 수준에 이르렀다.

때는 벌써 1월 말이었다.

비장한 표정으로 지군레코드로 향한 우리는 단 세 시간 만에 녹음을 마치는 미친 짓을 벌였고 녹음 원본을 쥔 지군레코드 사장은 곧바로 일본으로 날아갔다. 이후 오필승 엔터테인먼트는 쉬지 않고 신인들 앨범 작업에 돌입했다.

그때 나는 석촌호수 근처에서 조형만을 만났다. 대길 건설

은 5억이라는 자본금에, 99%의 지분을 내가, 나머지 1%의 지
분은 스톡옵션 형태로 복덕방 할아버지인 홍주명에게 지급
되며 설립되었다. 홍주명은 대표 직함을 달았다.

"문제가 있는 땅이대예."

"문제가 있어요?"

"석촌 호수부지 말입니다. 서울시 소유인 줄 알았는데 한
문 건설이 쥐고 있었습니다."

"예?!"

Chapter 37

이게 무슨 소린지······.

석촌호수가 서울시 땅이 아니라고?

조형만은 지도를 가져와 보여 줬다.

"알고 보니까 잠실은 원래 잠실 섬이었다 캅니더. 뽕밭이 지천이었다는데 이걸 1971년 서울시 주도로 국내 건설사 5개 랑 합작해 잠실개발을 설립하고 공유 수면 매립 공사와 토지 구획 정리를 하면서 현재의 형태가 된 거라 하는데."

"잠실이 섬이었다고요?"

"예, 여기 보면 이 라인을 따라 원래 송파강이 흐르고 있었다 캅니더. 이걸 싹 다 흙으로 덮고 남은 게 지금 석촌 호수라예."

볼펜으로 죽죽 긋는다.

그 물길이 삼성동까지 이어져 있었다.

"허어……."

몰랐다. 정말 몰랐다.

"여기에서부터 더 웃깁니더. 토지 구획 정리를 끝내고 잠실개발 앞으로 떨어진 땅이 공공용지를 제외하고 36만 평이 더랍니더."

"36만 평이요?"

"원래 계획은 그 땅을 팔아 매립 공사 비용을 회수할라 캤는데 이때 딱 2차 오일쇼크가 터진 기라예. 자금이 콱 얼어 버린 깁니더."

2차 오일 쇼크라면 그럴 만했다.

"완전 아작났겠네요."

"방법이 없다 아입니꺼. 서울시는 결국 77년에 잠실개발의 땅을 일괄적으로 사들이고 단계적으로 파는 계획을 수립합니더. 그러다 78년에 송파 다리 즉 현재 송파로의 서쪽인 1만 1천 평을 율산실업에 파는 데 성공합니더. 근데 이 율산실업이 중도금도 치르지 못하고 폭삭 망해 뿌고 이걸 또 중동에서 특수를 누리던 한문 건설이 낚아챈 겁니더. 지금 한문 건설이 한창 쇼핑몰을 짓는 장소가 바로 이 자리라예."

서쪽 꼭지 부분을 손가락을 짚는다.

"어! 여긴 갤러리아 자린데……."

"예?"

"아니요. 그럼 나머지 땅은요?"

"오도 가도 못한 상태랍니다. 이걸 서울시 측에서 중재해 주겠다는 얘기라예. 한문 건설한테 이대로 놔둘 꺼면 대길 건설에라도 팔아라."

"아!"

이제야 일의 전모가 눈에 들어왔다.

결국 서울시 땅이었다. 롯네 그룹도 없고 한문 건설이 망하면 서울시가 다시 매입해야 할 테니.

아무래도 홍주명이 말을 아낀 모양이다. 하긴 그때야 서로 재 보던 상태였으니까.

"사실 미팅 중에 서울시 측에서 빼앗아 주겠다는 얘기까지 들었심더. 한문 건설이 쇼핑몰을 짓는다 카는데 귀퉁이 땅에 불과하고 남은 땅은 개발할 의지도 없다고예."

"하긴 여력이 없겠죠. 지금쯤이면 중동에서 오는 돈마저 말라 버렸을 테니."

2차 오일쇼크로 배럴당 5달러 하던 유가가 몇 달 만에 40 달러 선까지 치솟는다.

잠시라면 버티겠지만, 그 현상이 벌써 몇 년째였다.

경기는 침체 중임에도 물가만 대폭 상승하는 스태그플레이션이 일어났고 체제의 위협을 느낀 미국은 달러 회수를 위해 금리를 21%까지 쳐올리는 짓을 단행한다.

그 결과 달러를 끌어다 산업화를 추진하던 국가 즉 대한민국의 빚은 폭발적으로 증가하게 되고.

경제가 휘청.

원역사에서도 그랬다. 버틸 만큼 버티다가 롯네에게 팔아 버리고 롯네는 이 땅에 놀이동산과 호텔을 짓는다.

그런데 그 롯네가 이젠 없다. 그 땅은 날이 갈수록 천덕꾸러기가 될 것이다. 한문 건설의 빚은 감당 못 할 수준으로 늘어나 버릴 테고.

시간은 우리 편이었다.

"우선 못 박아 두세요. 우리도 거창하게 개발할 생각은 없으니까요. 헤집어 놓은 땅에 나무 심고 녹지로 만들 생각이라 하세요. 뭐 부족하면 한옥 정도는 지을 생각도 있고요."

"갑자기 한옥이요? 뭐 알겠심더. 일단은 그렇게 말은 해 놓겠습니더……."

잘 대답하면서도 말을 끄는 조형만이라.

용건이 아직 끝나지 않았다는 것이다.

"더 무엇이 있나요?"

"실은 역제안이 들어왔습니다."

"역제안이요?"

"한문 건설 땅을 처리해 줄 테니 남은 서울시 땅 2만6천 평도 같이 사 달라 캅니더. 그라믄 뭘 하든 상관하지 않겠다고요."

"그러니까 그 땅을 사 주면 한문 건설 땅도 빼앗아 주겠다는 건가요?"

"예."

"얼마죠?"

"한문 건설의 땅은 30만 원이고예. 남은 땅이 8만 원입니더."

얼른 계산기를 두드려봤다.

3만9천 평짜리가 117억, 2만6천 평짜리가 21억.

도합 138억이 필요했다.

탐나긴 하는데…… 사두기만 하면 10년 안에 조 단위 땅이
되긴 하는데.

덥석 삼켰다간 내가 먼저 배가 터져 나갈 것이다.

아까웠다.

"다시 제안을 넣어 보세요. 한문 건설 땅은 너무 비싸서 못
산다고. 대신 남은 2만6천 평은 오염된 호수까지 끼워 주면 생
각해 보겠다고요. 정화 작업은 덤으로 하겠다고 하시고요."

"아…… 그렇게예?"

"1, 2년 돈을 더 크게 벌면 모를까 지금으로선 그게 한계네요."

"알겠습니더. 그리 넣어 보고 안 되면 다른 땅으로 알아보
겠습니더."

"네, 그렇게 해 줘요."

안 들어주면 파투다.

그 땅 없다고 죽는 것도 아니고 서울 이곳저곳에 땅은 아주
많았다. 뉴타운이 들어설 곳만 건드려도 한세월.

땅 문제를 일단락 지은 나는 집으로 돌아가던 중 문득 올려다본 옥외 광고판에서 바쿠스 광고를 보았다.

바쿠스.

강신오.

서독.

"어! 왜 방송을 안 하지?"

작년 서독 위문 공연 말이다.

당시만 해도 돌아가자마자 특집으로 편성할 것처럼 굴더니.

여태 소식이 없었다.

"엎어졌나?"

그쪽 일이야 워낙 변수가 많고 정치색에 따라 좌우되는 곳이라 그럴 수도 있긴 한데.

그렇더라도 의외였다.

충분히 이슈될 만하지 않았나?

어째서 묻어 버린 걸까.

나야 뭐 얻을 건 다 얻었으니 상관없긴 한데.

"우리 강 대표님은 잘하고 계실까?"

J&K의 초대 대표는 강신오였다.

여러모로 그렇게 하는 게 유리해서였는데 이견도 없었고 나 역시도 환영했다.

"간만에 한번 전화나 날려 볼까?"

지금이 점심이니까 그쪽은 저녁때쯤 됐겠지.

막 전화기를 집는데 벨이 울렸다.

"여보세요? 어! 대표님."

◇ ◆ ◇

"공장은 어떻게 됐어요?"

"생산은 차질 없이 돌아가고 있습니다."

"유통은요?"

"현재 쾰른시의 도움으로 외부와 타진 중입니다. 하지만 핸들러들이 워낙에 완강해 잘 조율되지 않습니다."

"그 말은 어째 오해의 소지가 있는 것 같은데……."

"오해 아닙니다. 우릴 노골적으로 밀어내는 중입니다."

"설마 우리가 동양인이라고 무시하는 건가요?"

"아무래도 좀…… 그런 것 같습니다."

정신없이 달려왔다.

공장 부지 잡고 인허가 받고 공장 세우고 인력충원에 생산까지 지난 몇 개월간 제조에 관한 한 죽기 살기로 덤벼 어느 정도 올려놓았다고 보았다.

그러나 제조업은 공장 지었다고 다가 아니었다.

판매망 즉 유통이 있어야 했다.

그런데 이 빌어먹을 서독은 유통망이 한국과 개념이 완전히 달랐다.

핸들러라는 유통업자나 딜러들이 중간에 껴서 모든 판매 유통망을 좌지우지하는 구조.

그들이 쳐 놓은 네트워크에 오르지 않고는 어떤 상품도 시중에 나오지 못했다.

어중이떠중이들이 아니었다. 한국과는 비교가 안 될 정도의 강력한 체인망을 보유하고 있으며 가진 자본력 또한 조그만 나라 정도는 돈으로 뒤엎을 정도였다. 월마트나 까르푸 같은 걸 떠올리면 쉬운데 서독의 경우는 그보다도 더 방대하고 난해하다 할 수 있었다. 아주 더럽고.

즉 신생기업인 J&K가 어찌할 만한 상대가 아니었다.

"Edeka는 어때?"

"그쪽도 신통치 않습니다."

"Aldi Nord는?"

"그쪽도 만나주지 않습니다."

"Aldi Sued는?"

"……."

"Kaufland는? Bartels- Langness는? Coop는?"

"죄송합니다."

큰일이었다.

이들이 받아 주지 않으면 물건은 깔리지 못한다.

"하나같이 다 말도 안 되는 요구입니다. 가격 책정도 하지 말라 하고 광고도 자기들이 알아서 하겠답니다. 우리는 그냥 물건만 납품하랍니다."

"우릴 무슨 개호구로 아는구만."

"저도 이렇게 개떡 같은 나라가 있을 줄은 처음 알았습니다. 하지만 누구를 만나도 전부 같은 소리입니다. 그들의 요구를 들어주지 않는 한 판매는 방법이 없습니다."

"더 샅샅이 찾아내세요. 쾰른시 모든 공무원을 동원해서라도 인맥을 찾으세요. 지역의 작은 유통망이라도 좋아요. 조금 있으면 광고가 나갈 텐데 무조건 깔려야 합니다."

다시 말하지만, 서독의 유통망은 생산자가 거대 핸들러에게 판매에 관한 모든 권한을 넘겨주는 방식으로 움직이고 있었다.

생산자는 생산만 하고 핸들러가 가격부터 마케팅, 유통까지 전부 다 총괄하는 것.

그래서 TV 광고도 자기 상품을 직접 광고하는 경우는 거의 없었다. 자사의 이미지 홍보에나 치중하는 정도.

가격도 마찬가지였다.

이곳은 권장 소비자가나 일정한 판매 가격이란 개념이 아예 없었다. 상품의 가격을 책정하는 건 핸들러였고 그래서 가격은 각 핸들러의 자본규모나 체인망의 크기에 따라 달라졌다. 같은 품목이라도 지역에 따라 상품가가 달라지는 이유가 여기에 있었다.

"개판 오 분 전이구만."

이런 경향은 비단 음료 시장뿐만이 아니었다. 생활용품, 가전, 자동차, 심지어 백화점까지 모두 핸들러가 붙었고 그들에 의해 나라가 돌아가고 있었다. 기업이 직접 모든 걸 주도하는 한국과는 너무도 큰 차이.

강신오는 생각했다.

이런 독특한 유통 구조에서 막 시작한 J&K가 할 수 있는 일이 무얼까.

그놈들이 기침이라도 하는 순간 회사는 흔적도 없이 날아가 버릴 것이다.

의논이 필요했다.

어쨌든 숙이고 들어가야 하긴 하는데…… 숙이고 들어간다면 대체 어느 선에서 맞출 건지 미리 입을 맞추는 게 좋을 것 같았다.

전화기를 집었다.

"아, 예. 여기 서독입니다. 총괄님 계십니까? 지금쯤이면 집에 계실 거라고요? 알겠습니다."

오필승에 걸었는데 집으로 하란다.

집으로 걸었더니 바로 받는다.

[여보세요?]

"장 총괄님, 강입니다."

[어! 대표님.]

"잘 지내지요?"

[예, 여긴 잘 지내고 있습니다. 안 그래도 전화 드리려던 참인데 어떻게 딱 맞았네요. 하하하하.]

"그런가요? 우리가 통하는 바가 있나 보네요."

[잘 지내시죠? 해가 바뀌었는데 거긴 어떠세요? 어려운 점 없으세요?]

"생산까지는 차질없이 진행되고 있는데……. 안 그래도 의논할 일이 하나 있습니다."

[의논할 일이라면…… 혹시 문제가 생겼나요?]

"그렇습니다."

강신오는 유통과 부딪히며 겪었던 부조리를 미주알고주알 다 일러바쳤다. 너무 노골적으로 일러바치는 스스로에 놀라기도 했지만 동시에 인정하였다.

장대운은 단순한 어린이가 아닌 파트너.

그것도 모든 걸 걸고 의지해도 될 만한 강력한 찐 파트너.

[심각하네요.]

"네."

대답하면서도 복잡한 심경을 감추지 않는 강신오였다.

처음부터 고려하지 않았기에 아무리 강력한 찐 파트너라도 달리 방법이 없을 걸 그는 알았다. 그런데,

[그러나 관점을 바꿔 생각하면 또 아주 간단한 문제이기도 하네요.]

"예?"

[제가 앨범을 제작해서 지군레코드에 넘기는 값이 3천 원이에요. 이후 저는 지군레코드가 어떤 가격으로 넘기든 상관 안 해요.]

"그……렇습니까?"

[핸들러도 하나의 방법일 뿐이에요. 너무 크게 보지 마세요. 어차피 모든 걸 우리가 다 할 필요는 없잖아요. 그쪽이 해주겠다면 주세요. 편하게 가자고요. 그리고 그런 문화가 정착돼 있다면 그쪽 사람들도 우리한테는 따로 컴플레인 걸지 않을 거 아닙니까?]

그러네.

제품에 하자만 없다면 유통과 재고 관리도 또한 핸들러의 몫이니까.

강신오는 자기도 모르게 고개를 끄덕였다.

"그렇긴 하네요."

[다른 방법은 우리가 직접 유통망을 꾸려야 한다는 건데. 그건 100억을 퍼부어도 불가능하다는 거 아시죠?]

"……압니다. 다만 계속 이런 식이라면 소비자만 우롱당하는 거 아닙니까? 새 상품이 나와도 소비자는 모릅니다. 핸들러가 뿌리는 전단지가 아니면 아예 통로가 없어요."

[우리가 핸들러가 되는 게 가장 좋은 방법이긴 한데. 그렇게 되면 배보다 배꼽이 더 커지겠죠. 이미 카르텔을 형성한

그들과 경쟁할 수도 없고요. 보나 마나 정부와 다 연계돼 있을 텐데 버틸 수가 있을까요?]

"그럼 그냥 이렇게 가는 수밖에 없습니까?"

[자존심 대 실리의 싸움일 뿐이에요. 그냥 이 정도로 타협하면 안 될까요? TV, 라디오, 신문 등 광고는 우리가 알아서 하기로 하고 될 수 있다면 쾰른시만큼은 우리가 유통하는 거로요.]

"쾰른시만 우리가 하자고요? 핸들러들이 가만히 있겠습니까?"

[해 보는 거죠. 그리고 우리에게 중요한 건 누가 핸들러가 되는 거냐가 아니라 일단 바닥에 깔아 놔야 한다는 겁니다. 색깔을 드러내는 건 나중에 천천히 해도 돼요. 우리가 공룡이 되는 순간 저들이 알아서 길 테니까요.]

"으음……."

[우린 아직 '을'이잖아요. 후려치는 건 '갑'이 돼서 해도 충분합니다.]

"……알겠습니다. 일단 그쪽으로 고민해 보겠습니다. 로마에 가면 로마법을 따르라 했으니까요."

[그런데 자금은 충분한가요?]

"아직 괜찮긴 한데 유통 쪽으로는 들어갈 수 없습니다."

[20억 정도 더 태우면 쾰른시만큼은 커버 가능하지 않을까요?]

"예?! 여기에서 20억을 더 하신다고요?!"

[예.]

강신오는 정신이 번쩍 들었다.

기업에 유동자금이 많은 건 좋은 일이라지만 이렇게 되면 거의 일방적인 관계가 된다.

"20억을 더 넣으시면 장 총괄님만 33억이 됩니다. 전 7억밖에 안 되는데요."

[대신 서독에서 기반을 일구고 계시잖아요.]

"……일단 보류해 주십시오. 그 부분은 나중에 어떻게 되느냐를 보고 결정하면 안 되겠습니까?"

[아! 지분 걱정 때문이시라면 안 하셔도 됩니다. 전 그저 J&K가 하루빨리 반석에 서길 원해서 투자하려는 겁니다.]

"이해합니다. 하지만 또 경영하는 입장에서는 그게 아니라서요. 솔직히 말해 왠지 위축도 되고요. 일단은 보험처럼 여력을 두려 하는데 괜찮으시죠?"

[저는 어떻게 해도 괜찮습니다. 제가 괜한 얘기를 꺼낸 게 아닌지 죄송스럽네요.]

"아닙니다. 다 잘되자고 하는 일인데요. 알겠습니다. 제가 조금 더 고민해 보고 결정 보겠습니다."

[그 결정. 무조건 지지할 테니 팍팍 밀고 나가십시오. 파이팅입니다. 대표님.]

전화를 끊은 강신오는 깊은 한숨을 내쉬고 직원들을 봤다.

다섯 명이었다.

그 다섯 명이 모든 행동을 멈추고 자신만 바라보고 있었다.

"……."

다들 의욕에 차 열심히는 하고 있다지만.

작았다.

J&K의 상대는 거대 핸들러. 서독 정부의 비호를 받는 막강한 놈들. 한국으로 치면 대기업, 재벌이라고나 할까.

덕분에 상황이 명확하게 인식되었다.

도리어 웃음이 나왔다.

"내가 무슨 짓을 하려 했는지."

욕심이 과했다.

동안제약 시절에도 감히 대기업엔 눈도 돌리지 않았는데.

고작 이 규모로 그들에 비빌 생각을 하다니.

죽고 싶으면 뭔들 못할까.

"일단 마케팅에 관한 한 모든 활동을 중단합니다. 퀼른시장님과 미팅하고 싶은데 약속 좀 잡아 주세요."

"어떤 주제로……."

"차근차근 접근해서는 일이 안 될 것 같아요. 위에서부터 단번에 치고 나갑시다."

"알겠습니다. 바로 스케줄 확인하겠습니다."

◇ ◆ ◇

자못 심각했던 것과는 달리 고민은 그리 길지 않았는지 며칠이 지나지 않아 다시 강신오에게서 연락이 왔다.

나는 여차하면 84년 상반기 정산할 7월쯤 20억 정도 쏴 줄 생각도 있었는데 쾰른시장의 주선 아래 Edeka, Spar, Netto, Plus 네 곳과 일괄 판매 대행 계약을 맺었다고 한다. 쾰른시 독점 유통은 아예 꺼내지도 못했고 광고만 쾰른시장의 중재로 초반 3년간 J&K가 원하는 컨셉으로 가 주기로 결정 봤다고. 이제야 좀 서독이란 나라에서 사업하는 게 어떤 의미인지 알 것 같다며 웃었다.

무척 개운해 했다.

나도 잘 됐다고 봤다.

그쪽 시스템이 그렇다면 일단은 타고 보는 게 옳았다. 용가리 통뼈가 아닌 이상 무슨 재주로 독고다이를 일굴까. 더구나 Spar 같은 핸들러는 오스트리아 로컬이라 혹여나 모를 마테슈윈츠의 도발까지 미리 차단할 수 있었다.

강신오가 아주 잘해 주고 있다는 것.

격려 차원으로 전라도 작은 마을에 연락해 다량의 식재료를 공수, 서독으로 날랐다. 어설픈 금일봉보다는 한식이 주는 위로가 더 클 테니.

서울도 아주 좋았다.

지군레코드 사장이 소니 뮤직과 페이트 2집 계약으로 선주문 30만 장을 성사시키고 왔고 오자마자 대금으로 15억을 쏴 줬다.

유보금 14억과 함께 또 15억이 넘는 돈이 회사에 쌓였다. 이에 더해서 조용길 5집도 10만 장 더 나갔고 페이트 1집도 10만 장 더 나가 돈이 또 들어왔다. 합치면 대충 40억 정도 되겠다.

저수지 공사 대금으로 3억 원이 곧 나갈 예정이었지만 오필승은 날이 갈수록 살이 쪘다.

완성 기미가 보이는 신인들의 음반이 나오면 더 살찌겠지.

이렇게만 쭉 가면 좋겠다.

하지만 인생 늘 그렇듯 전혀 예상치 못한 방향에서 태클이 들어왔다.

"예? 학교요?"

"응, 통지표가 날아왔다. 3월 2일에 반포 국민학교에 입학하라 카네."

"학교…… 아아……."

"와 그라노? 학교 가믄 좋잖아."

"학교가 있었구나."

가기 싫다. 가기 싫다. 가기 싫다.

"대운아, 와 그라는데?"

"아니요. 오라면 가야죠. 거기가 어디에 있는데요?"

"여, 아파트 단지에서 쪼매만 나가믄 있다."

쪼매라.

이 마당에 꼭 학교까지 가야 하나 싶었지만, 학력은 대한민국에서 살아갈 사람의 기본 사양이었고 무엇보다 할머니가 너무 기대했다.

모처럼 설레하시는데…… 안 간다고는 도저히 못 하겠다.

"할매는 내 학교 가는 게 좋아요?"

"좋지. 우리 대운이가 학교 가믄 무조건 1등 아이가."

"1등요? 할매가 좋아하면 다 1등 해 버릴까요?"

"하모하모. 시험지도 고마 다 100점 맞아 뿌라. 호호호호호."

잠자코 다녀야 할 것 같다. 할머니를 위해서라도.

"알았어요. 시간 맞춰서 스케줄 조정할게요."

회사에 알려야 해서 다 불러 놓고 발표했다.

나 입학한다고.

"……."

"……."

"……."

"……."

"……."

그런데 어쩐 일인지 다들 눈만 끔뻑끔뻑.

아무 말도 하지 않았다. 축하든 뭐든 일절 없이.

"……왜 그러세요?"

"아, 아아, 죄송합니다. 이게 참……."

"어머머, 내 정신 좀 봐."

"크음……."

"허어……."

다들 허둥대기만 했다.

괜히 딴청 부리고.

나도 이상해서 그냥 쳐다만 봤는데 이학주가 나섰다.

"사람들이 왜 이러나 싶지?"

"······예."

"이상해서지."

"예?"

뭐가?

"학교가 이상한 게 아니고 네가 학교 들어간다는 게 이상한 거야."

"예? 왜요?"

"대학교도 아니고 국민학교잖아. 이제 1학년 입학하는 거잖아. 여태 오필승의 전부를 총괄하던 놈이 이제 겨우 국민학교 1학년생이라는 걸 깨달은 거야."

"······!"

"그동안은 나이를 인식 못 했지. 너의 말도 안 되는 능력과 카리스마에 반해서 달리다가 이제 눈에 들어온 거라고. 네가 국민학교 1학년이란 걸. 나도 지금 적응이 안 되는데 네 지시를 받는 사람들은 어떻겠냐. 이해가 가?"

"아~."

괴리감이었나 보다.

괴리감.

그럴 만도 했다.

어른들에게 국민학생이란 책가방이나 사 주고 학용품이나 사 주고 맛있는 거, 용돈 같은 걸 줘야 하는 존재일 텐데 나와 는 너무 거리가 멀었다.

'내가 너무 나댔나?'

전혀 생각도 못 한 부분이었다.

직원들의 어색함이 이해되면서도 한편으로는 이걸 어떻게 스무스하게 넘기나 고민될 만큼.

"전 그냥 앞으로 오전 시간은 출근 못 할 것 같아서 알려 드 리려 한 건데……."

"알아. 안다고. 그냥 우리가 어색한 거라고. 네가 잘못한 건 하나도 없어. 넌 처음 만날 때부터 일곱 살이었고 이제 여 덟 살 된 거라고. 1학년 입학하는 거고. 그러니까…… 아니구 나. 이런 말이나 할 때가 아니구나. 저기 다들 내가 먼저 말한 거다. 우리 대운이 책가방은 내가 사 준다. 분명히 말했어. 다 른 사람은 책가방 사지 마."

"앗! 그럼 저는 학용품 세트를 준비하겠습니다."

도종민이 소리쳤다.

"아! 저는 운동화요!"

정은희였다.

"그럼 저는 봄잠바요."

"저는 바지요."

"저는 티셔츠요."

"저는…… 히잉, 살 게 없잖아요."

갑자기 또 선물 못 사 줘서 난리다.

어느 장단에 맞춰야 할는지…….

이학주가 곁에 붙어 슬쩍 물었다.

"근데 대운아, 용길이는 아냐?"

"모르죠."

"그렇지?"

음흉하게 웃더니

"내가 분명히 말했다. 책가방 찜했다고. 아니다. 내가 전화해서 알려 줘야지. 그나저나 다들 봐봐. 우리도 입학식 가야 하는 거 아냐?"

"그러네요. 3월 2일 오전은 근무를 미룰까요?"

도종민이 얼씨구나 받았다.

순간 상상해 버렸다.

다른 아이들이 부모님 손잡고 등교하는 가운데 나만 조용 길부터 온갖 사람들이 다 쳐들어와 함께 움직이는 것이다.

"아…… 안 돼요. 입학식은 할머니랑 둘이서 갈 거예요."

"왜? 우리도 가고 싶다고."

"안 돼요. 너무 튀잖아요. 전 다른 애들이랑 구분되는 거 싫어요."

"아, 왜?!!"

"히잉, 가고 싶었는데. 가면 안 돼요?"

"맞아. 얼마나 예쁠까."

"아니야. 이건 총괄님 말이 맞아. 괜히 갔다가 위화감 조성할 수 있어. 너무 유명세 타면 총괄님만 피곤해져. 알잖아. 튀면 시기하는 사람이 생긴다고."

"그런가? 하긴 눈에 안 띄는 것도 좋겠지. 하여튼 어떻게 결정되든 알려 줘. 난 책가방이다."

이학주가 사라지고 다들 자기가 선물할 거리를 생각하며 제자리로 돌아갔다.

나도 머리가 지끈거려 잠시 앉아 있는데.

다시 하나둘 다른 이들이 들어오며 입학한다며? 하며 물어댔다.

입학식에 갈 거라고. 거기 가려면 뭘 입고 가야 하냐며 묻는데 말리느라 혼났다.

절대 엄금이다! 외치며 돌아왔더니 신 비서가 책가방이랑 학용품을 잔뜩 사서는 집에 와 있었다. 이학주의 책가방은 날아갔구나 하며 고소해하는 내게 신 비서는 이런 말을 던졌다.

"축하드립니다. 곧 입학하시죠? 알기로 반포 국민학교로 갈 것 같은데 학교 자체는 나쁘지 않더라고요."

"가 보셨어요?"

"미리 답사하고 왔습니다. 거리가 500m 정도 되더군요. 도보로는 8분 정도 예상합니다."

옴마야, 언제 또 시간까지 재 봤대.

치밀도 하셔라.

"거리는 만족스럽더군요. 다만 조금 걱정되는 부분이 있습니다."

"예?"

"사립이 괜찮지 않겠습니까? 여러모로 수준도 그렇고. 마침 근처에 괜찮은 터가 있던데 총리 각하께 말씀드려 사립학교 하나를 이전하자고 건의해 볼 생각입니다."

"예?!"

"거리 700m 정도로 3분만 더 걸으면 되겠더라고요. 1년만 고생해 주십시오. 바로 전학시켜 드리겠습니다."

이 사람이 지금 무슨 소리를 하는 거야?!

"아니요. 아니요. 저 반포 국민학교 좋아요. 가깝고…… 그리고 국민학생이 가까우면 그게 제일 좋죠."

"아~ 그러신가요? 그래도 사립과는 꽤 차이가 날 텐데요."

"저는 괜찮아요. 굳이 더 좋은 교육 받을 필요 없어요. 저 모르세요? 그냥 다니면 돼요."

"으음……."

이렇게까지 말했음에도 고민하는 모습이 심상치 않았다.

사고 칠 것 같은 예감.

얼른 화제를 돌렸다.

"정~ 도와주시고 싶으시면 학교에 급식시설 같은 건 안 되는지 봐주세요."

"급식시설이요?"

"나중에 할매가 도시락 싸야잖아요. 시험학교로 지정해 도와주시면 좋을 것 같은데."

"으음, 아주 일리 있는 말씀입니다. 우선 제 생각이 짧았던 것 같습니다. 급식시설이라. 알겠습니다. 그 부분은 조금 더 조사해 보고 움직이겠습니다."

겨우 일단락되나 싶어 남몰래 한숨을 내쉬는데.

신 비서의 용건은 이게 다가 아니었다.

"입학식 때 총리 각하께서 참관하시겠다는데 괜찮으시죠?"

"예?!"

국무총리가 오겠다고?

또 상상해 버렸다. 무슨 일이 벌어지는지.

필사적으로 말렸다.

원래 입학식은 중요한 게 아니라고. 나중에 졸업식 때 오시면 좋겠다고. 겨우 설득해서 보냈다.

그나저나 본체만체하던 강희철을 오늘따라 신 비서가 가면서 어깨를 살짝 토닥여 주는 걸 봤다.

뭐가 또 있나?

"어휴~ 학교 하나 가는데. 지친다 지쳐."

◇ ◆ ◇

"예……. 이해준입니……. 앗! 안녕하십니까. 치안본부장 이해준입니다. 넵, 물론입니다. 보듬어 주신 덕에 평탄하게 잘 돌아가고 있습니다. 아! 그렇습니까? 예예, 그런 일이 있었습니까. 아아~ 그렇게 해선 안 될 일이지요. 제가 조사해서 원상태로 돌아가게 해 놓겠습니다. 염려 마십시오. 알겠습니다. 충성!"

아침부터 난데없이 걸려온 전화에 치안본부장(경찰청장) 이해준은 정신이 번쩍 들었다.

상대는 치안본부를 관할하는 내무부 장관 출신에 일약 국무총리까지 오른 인물.

퇴임 후 미래를 그리는 이때 그를 거스르는 건 나머지 삶을 집에서 손주나 보겠다는 의미와 같았다.

전화기부터 잡았다.

"어, 나야. 서울 치안감 불러올려. 지금으로. 그리고 강희철이라고 강남서 있는 놈인데 당장 조사 자료 올려."

30분이 지나지 않아 서울 치안감 박배흔이 도착하였다.

강희철의 신상 명세를 읽고 있던 이해준은 박배흔이 오자마자 비서가 차를 내올 시간도 없이 신상 파일을 앞에 툭 던졌다.

"읽어 보시오."

"이게 무엇입니까?"

"위에서 다시 조사하랍니다. 내가 지금 봐도 부당하기 이

를 데 없소. 일을 어찌했길래 경찰대학까지 나온 놈을 강등시
켰소?"

"예? 그게 무슨……."

"거기 그것부터 일단 읽어 보시오."

"아, 예."

박배혼은 강희철이라고 쓰인, 도대체 무슨 짓을 했길래 아
침부터 부리나케 치안본부로 오게 한 이름의 파일을 곱씹으
며 훑었다.

어설픈 일이면 아주 본때를 보여 주겠다고.

그런데 전혀 의도치 않은 곳에서 발이 걸렸다.

"으음, 과잉진압? 징계? 일 계급 강등?"

"그거 보시오. 범죄자 때려잡다가 조금 다치게 한 거로 강
등당했소. 서울 치안감은 이게 말이 된다고 보오?"

"어……. 저도 좀 이상하군요. 왜 이런 조치를 내렸을까요."

"그걸 모르니까 서울 치안감을 부른 것 아뇨."

"저도 당혹스럽습니다."

"상을 줘도 모자랄 판에 강등이라니. 이러면 누가 일선에
서 범죄자랑 실랑이하려 하겠소? 내가 직접 강남서로 달려가
려다 서울 치안감을 부른 거요."

옆에서 고춧가루 곽곽 뿌리는 이해준 덕에 정신이 사나웠
지만 박배혼은 고스톱 쳐서 서울 치안감까지 올라온 게 아닌
걸 증명이라도 하듯 재빨리 머리를 굴렸다.

분명 '위'라고 했다.

이 일의 발단이 이해준이 아니란 것.

그러니까 이해준보다 더 위라.

내무부 장관인가?

아니다.

저 느림보 이해준의 엉덩이가 들썩거릴 정도라면 내무부 장관보다도 더 위일 것이다.

그렇다면 청와대!

대략 계산을 마친 박배흔은 신상 파일을 덮었다.

"맡겨 주시죠. 제가 싹 돌려놓겠습니다. 오늘 안에 당장."

"거 잘 좀 해 주시오. 서울 치안감도 내가 물러가면 이 자리에 앉아봐야 하지 않겠소?"

"……네."

"위를 거스르는 건 아무것도 이룰 수 없다는 얘기요. 이번 기회에 존재감을 좀 보이시오."

"알겠습니다. 기회를 주셔서 감사합니다."

들어올 때와는 다르게 더욱 허리를 굽혀 인사하는 박배흔이었다.

하지만 속은 바싹 타올랐다.

서울 치안감은 치안본부장으로 가는 직통 길목이었다. 그걸 마치 자기가 길을 열어 줘서, 치안본부장 자리가 자기 허락을 받아야 하는 것마냥 구는 이해준이 배알이 꼴렸지만 이럴 시간이 없었다.

청와대가 관련됐다면 한 시도 낭비해선 안 된다. 이해준의
말대로 그들을 거슬렀다간 말년이 흉할 테니까.

서둘러 치안본부를 나섰다.

그 길로 바로 강남서로 골인.

화들짝 놀라 부동자세를 취하는 수십의 형사들을 제치고
곧바로 서장실 문을 벌컥 열었다.

손톱을 다듬던 서장 이대익은 이게 무슨 날벼락이냐며 벌
떡 일어나 경례부터 붙였다.

"충성! 총경 이대익 근무 중 이상 무."

"이 새끼가 누군 아침부터 좆뺑이까고 있는데 손톱이나 다
듬어!"

훅하고 싸늘한 바람이 분다.

이대익은 뒷머리가 쭈뼛 섰지만, 대답부터 크게 올렸다.

"아, 아닙니다!"

"이 새끼, 빨리 이리 안 와!"

"옙."

빡

"으악!"

다짜고짜 조인트를 까인 이대익은 뇌리를 찌르는 정강이
의 고통에도 필사적으로 정신을 차리려 애썼다.

뭔지 모르지만, 무언가 단단히 틀어졌다.

'뭐지? 무슨 일이지?'

그러나 아무리 통박을 굴려도 답이 나오지 않았다. 눈앞
호랑이 서울 치안감은 화가 머리끝까지 솟았고.

일단은 어떻게 해서든 이 상황을 모면해야겠는데.

그의 손가락이 어느새 이마를 툭툭 찌르고 있었다.

"네가 이러니까 욕을 처먹고 다니는 거 아니냐. 애들 관리
를 어떻게 했길래 내가 위까지 끌려 올라갔다 와야 해. 이 새
끼가 아주 이쁘다 이쁘다. 봐줬더니 내가 우스워?!"

"아닙니다!"

"존만한 게 아주 배가 처불러 가지고. 이 시간에 손톱이나
다듬고. 겁대가리를 상실했냐. 앙!"

"아닙니다!"

"여기에서 네 인생 끝내고 싶어?! 아니, 이참에 어디 강원
도 파출소로 처박아 줄까? 앙!"

"아닙니다!!!"

"동기들 다 제치고 노른자인 강남서까지 끌어 줬으면 그럴
만한 실적을 보여도 모자랄 판에 나까지 물 먹여?! 내가 이 새
끼를 오늘 반드시 죽이고 만다."

노발대발.

치안회의 때랑은 완전히 다른 분위기였다.

말하다가 점점 더 격해진다.

직급이 높아진 후로 웬만하면 말로 끝내는 사람이 예전, 사

수로 처음 만났을 때처럼 주먹부터 휘두른다.

"아이고, 아이고……."

맞다가 넘어진 이대익은 순간 이렇게까지 살아야 하나 싶었지만, 또 필사적으로 박배혼의 다리를 끌어안고 매달렸다.

"살려 주십시오. 그만 노여움을 푸시고 기회를 주십시오. 뭐든 다 하겠습니다. 선배님."

"이 새끼가…… 안 놔!"

"아이고, 나 죽습니다. 선배님, 치안감님, 아니, 하느님. 제발 살려 주십시오. 아니, 이유, 이유라도 알려 주세요. 이유를 알아야 고치든지 죽든지 하지 않겠습니까."

"오냐. 맞는데 이유가 필요하다고? 알았다. 주지."

왼손에 들고 있던 파일을 던진다.

바닥에 떨어진 걸 서둘러 들춰 본 이대익은 한눈에도 익숙한 사진이 나오자 이게 뭔가 싶었다.

"이놈은…… 호, 혹시 이놈이 사고 쳤습니까?"

"사고? 이 새끼가 아직도 상황 파악이 안 되나. 이거 네가 주도한 거지?"

"예?"

"이놈 강등시킨 거 너지?! 새끼야!"

강등.

그런 일이 있었다.

범죄자의 팔을 부러뜨린 놈.

주변과 어울리지 못하고 근무 기강까지 흩트리는 놈이라 일벌백계 차원에서 큰 징계를 줘야 한다고 누가 떠들어서 아무 생각 없이 사인했는데.

옆에서 떠들던 두 사람이 떠올랐다.

"아니, 그게…….."

"뭐 과잉진압? 이 새끼야, 그럼 범인이 나 잡아가쇼 하냐?! 반항하니까 당연히 싸울 수밖에 없잖아. 이게 실무에서 멀어지더니 감도 떨어졌네. 아니, 범인은 놔두고 왜 멀쩡한 형사를 왜 잡아!!"

"그, 그게…….."

"범인 잡고도 강등당하는데 너 같으면 열심히 범인 잡고 싶겠냐?! 강남서 검거율이 형편없어진 게 다 너 같은 놈 때문이잖아!"

일이 심상치 않았다.

고작 형사 하나 징계 준 것 때문에 이 양반까지 깨져 나갔다는 건 더 위에서 내리꽂은 것이 틀림없었다.

버티면 안 된다는 걸 깨달은 이대익은 납작 엎드렸다.

"시, 시정하겠습니다. 치안감님!"

"당장 되돌려놔. 안 그럼 너부터 옷 벗겨 줄 테니까."

"예?"

이미 기록에 남은 걸 어떻게…….

"그 기록 지워 준다고 새끼야. 치안본부장님 허락 떨어졌어."

"엇! 알겠습니다!"

"알아서 특진으로 올려. 네가 직접 결재판 들고 올라와. 알 았어?!"

"네, 넵, 반드시 성공하겠습니다."

"분명히 말했다. 특진으로 올려."

"명심 또 명심하겠습니다."

"지켜볼 거야."

"성심을 다해 이행하겠습니다."

그제야 기분이 풀렸는지 몸을 돌리던 박배흔은 갑자기 무 언가 떠올랐다는 듯 다시 이대익을 봤다. 겨우 숨 돌리던 이 대익은 다시 부동자세를 갖췄다.

"그리고 이거 징계 결재 올린 놈들 명단도 가져와. 한 놈도 빠짐없이. 너도 이제부터는 내가 두고 볼 거야. 알았어?!"

"바로 준비해서 올라가겠습니다!"

"1시간 준다. 늦으면 너도 도매금으로 쓸려 갈 줄 알아."

"넵!"

박배흔이 돌아가자 자리에 털썩 앉은 이대익은 이게 무슨 일인가 싶으면서도 리미트 1시간을 떠올렸다. 그리고 마지막 말도.

도매금으로 쓸려 간단다.

그 말은 아직 기회가 있다는 것.

이럴 시간이 없었다.

전화기부터 잡고 외쳤다.

"형사과장이랑 경무과장 개새끼들 빨리 불러 올려. 당장!"

◇ ◆ ◇

꺄르르

꺄르르

3월 2일 아침 여덟 시가 되자 온 동네가 시끄러워졌다. 너도 나도 손잡고 밖으로 쏟아져 나왔고 오늘 입학하는 아이가 있는 집은 더더욱 온 가족이 길로 나와 반포 국민학교로 향했다.

축제였다.

할아버지, 할머니…… 일하는 아버지를 뺀 가족 모두가 총 출동하는 행사라.

색동옷에 캐릭터 그려진 사각 책가방을 멘 아이들이 아장 아장 잘도 걸었다.

나도 마찬가지였다.

신 비서가 해 준 학용품을 들고 직원들이 해 준 꼬까옷 입 고 할머니 손을 잡았다.

멀찌감치 뒤에서 쫓아오는 강희철은 며칠 전 강남서장의 호출을 받고 어디론 가로 다녀오더니 아직도 얼떨떨한 표정 이었다.

과잉진압으로 강등돼 경사가 됐는데 징계가 없는 일로 되며 경위로 복귀했고 바로 또 특진했단다. 경감으로.

도무지 영문을 모르겠다는 강희철이었지만 신 비서가 그의 어깨를 토닥이고 지나간 걸 기억하는 나는 아니었다.

천천히 따라오는 그를 보다 싱글벙글한 할머니에게 물었다.

"할매, 그렇게 좋아요?"

"좋지. 할매는 우리 대운이가 학교 가는 게 너무너무 좋다."

"그럼 학교 열심히 다녀야겠네요."

"하모. 열심히 다녀서 훌륭한 사람 돼야제. 우리 대운이는 그럴 수 있다 아이가."

"그럼요. 할매 닮아 훌륭한 사람 될 거예요."

"으응? 내를 닮는다고?"

"그럼요. 할매를 닮아야죠. 할매 손자인데."

"긋나? 하이고야, 우짜믄 좋노. 그래, 할매는 우리 대운이밖에 없다."

눈시울을 붉히면서도 결코 걸음을 멈추지 않는 할머니였다.

교육을 향한 할머니의 저 강렬한 의지 때문에라도 나는 무조건 학업을 마쳐야 할 것이다. 대충 검정고시 보고 어쩌고저쩌고 생각한 것들을 전부 접어야 할 듯.

고작 학교 다니는 것 때문에 할머니를 슬프게 할 수는 없으니까.

"우와~ 사람 많다."

"그체? 다 우리 대운이 네 친구들이다."

행렬은 아주 길었다. 길 몇 개를 건너자 다른 곳에서 온 사람들까지 모여들었고 그들 모두 한곳으로 향했다.

거리가 온통 시끌벅적, 학교 앞 문방구는 문전성시, 교문을 통과하기도 전에 방송 소리가 들렸다.

나도 순간의 사진처럼 회귀 전 기억이 났다.

엄마 손을 잡고 대구의 옥산 국민학교 교문을 넘을 때.

그때 세종대왕상이 나를 반겼다. 할머니는 뒤에서 천천히 따라오셨는데…… 아무것도 모르는 어린아이는 시키면 시키는 대로 해야 하는 줄로만 알았고 할머니를 챙기지 않았다.

그러나 이제 나에겐 할머니만 계신다.

"……."

그랬다.

이제는 없는 일이었다.

나만 아는 기억들.

서둘러 상념을 지웠다.

내가 우울해지면 할머니가 슬퍼한다. 그렇지 않아도 운동장이 빽빽할 정도로 몰려든 부모들 곁에서 신경 안 쓰는 척하셨지만, 그 마음을 어찌 모를까.

≪자자, 학부모님들께서는 입학할 아동을 배정된 반으로 데려가 주시기 바랍니다. 운동장에 푯말을 든 선생님들이 계

십니다. 그분들이 반 담임 선생님이십니다. 담임 선생님께
가셔서 아동의 이름을 말씀해 주세요.≫

운동장에는 만국기가 펄럭이고 있었다.

선생님들은 하얀 페인트칠한 나무 푯말을 들고 하나둘 다
가오는 아이들의 이름을 확인하느라 정신없었다.

할머니는 나를 '1-2'라고 검은색으로 크게 적인 푯말 앞으
로 데려갔다. 중년의 여자 선생님이 나를 이름과 함께 번갈아
보며 한쪽에 세우는데 순간 너무 반을 옮기고 싶었다.

"아……."

이 사람이 앞으로 내 1학년을 함께 할 담임 선생님이라니.

'아이고야'가 절로 나오는 인상에, 브리티시 불독을 닮은
축 늘어진 양 볼은 영락없이 심술보라.

옆 반만 해도 아주 곱상하게 생긴 분이 담임 선생님인데 난
어째서 회귀 전이나 지금이나 담임 복이 없을까.

≪78년 개교한 우리 반포 국민학교는 현재 2천여 명의 졸
업생을 배출하였고 국가의 인재를 양성하는 기관으로서 충
실히 그 임무를…… 에또……≫

훈화인지 자기 자랑인지 모를, 앞으로 아침 조회 시간이 참
으로 걱정되는 교장의 긴 레퍼토리가 지나가고 여행사 깃발

처럼 푯말을 든 선생님을 따라 난 지옥의 불구덩이라고 읽고
1-2라 쓰인 반으로 걸어 들어갔다.

뒤에서 자꾸만 눈물 훔치는 할머니만 아니었다면 절대로
내 발로 가지 않았을 테지만 이젠 나도 어쩔 수가 없었다.

"자, 선생님의 이름은……."

칠판에 본인의 이름 '연태자'를 쓴 선생님은 일단 서서 대
기 중인 아이들을 슥 살피고는 곧바로 출석부 이름을 부르기
시작했다.

"강건민, 강민호, 강은애, 김건우, 김지애, 김정민……."

가나다순으로 짠 출석부가 지나가자 이번엔 키 순서대로
애들을 일렬로 세웠다. 맨 앞자리부터 남녀 짝이 되게 하여
차례대로 착석. 유의사항 몇 가지와 함께 16절 갱지로 만들
어진 가정통신문 여섯 장을 나눠 줬다.

학교 안내서부터 육성회비, 가족 사항들을 적어 오라는 내
용이다.

'육성회비라니.'

정말 오랜만이었다.

630원에 불과하지만 내가 이것 때문에 겪어야 했던 경험이
반가우면서도 왠지 애증으로 올라왔다. 매달 돈 내라고 채권
추심하듯 갈궈 댔던 담임들을 생각하면 어휴~.

누구든 육성회비 밀린 경험이 없고는 인생을 논하지 말았
으면 좋겠다.

하지만 육성회비란 본디 형체가 없는 항목이었다.

2000년대의 개념으로는 뇌물죄에 가까운데 학교에서 걷을 법적 근거가 1도 없고 1970년부터 자녀 교육이라는 명목으로 학부모들이 자진 협찬을 하기 시작한 게 그 시초라.

좋은 취지가 이렇듯 당연히 낼 돈으로 바뀌어 가난한 학생들 괴롭히는 용도로 쓰이게 된 것이다.

쓴 명목도 웃겼다.

교직원 연구비, 시설 유지 수리비, 기타 교육활동 지원 등등 적어 놓은 걸 보면 거창하기도 하다.

대부분 회식비에나 썼겠지.

생각난 김에 가만히 따져 보았다.

630원을 한 반에 50명 잡고 12개 반이니까 한 학년에만 38만 원. 6개 학년이면 근 2백3십만 원에 해당하는 금액이 번외로 들어온다는 것이다. 1년에 네 번 걷으니 9백만 원 상당이다.

이걸 80명 선생님 수로 1/n 하면 11만 원일 텐데 절대로 1/n을 하진 않을 테니 교장이랑 교감이 잔디밭 깔린 2층짜리 주택에 사는 건 이유가 있었다.

'욕 나오네. 회식비 정도가 아니잖아. 센터 까보면 아주 난리가 나겠어.'

이렇듯 육성회비란 국가가 부담할 명목을 학부모들에게 전가한 것인데.

이런 꼴이니 악습이 될 수밖에 없었다. 가뜩이나 가난해서

먹고살기도 힘든 동심에 마구잡이로 칼을 휘두르면서 말이다. 돌이켜 봐도 개념 없는 선생들이 너무 많았다.

그런 육성회비를 내가 또 내게 되다니.

'이번엔 기념 삼아 영수증이나 모아 볼까? 나중에 부패 명단으로 쓰게.'

내라는 대로 돈을 내면 선생님이 영수증에 자기 도장 찍어서 준다.

미래에는 기부 명목으로 소득공제라도 되겠지만, 지금은 아무짝에도 쓸모없다.

이걸 하나하나 다 모아 놨다가 촌지 금지령이 떨어질 때 확 풀어 버릴…… 가만, 이때는 촌지도 거의 일상이니. 아이고야, 국민학교 선생질 할 만하네. 학부모들은 선생이라면 껌뻑 죽지. 어디 소풍이라도 가면 극성맞은 엄마들이 몰려와 접대까지 해 주고.

왠지 선생님 말씀이라면 법으로 알았던 내 어린 시절이 억울해졌다.

물론 존경받아 마땅한 분들도 계시겠지만 아쉽게도 내 눈에 띈 건 다 그렇고 그런 년놈들밖에.

존경할 만한 선생님을 만나 그 아래에서 수학할 행운은 나에겐 없었다.

그렇게 두 시간쯤 됐나?

일방적인 통보를 마친, 앞으로의 행보가 무척 기대되는 우리 연태자 선생님이 다들 집으로 돌아가도 좋다 하였다.

눈만 졸망졸망하던 반 친구들은 우르르 나갔고 그중 몇몇은 재수 없게도 첫날부터 반 청소에 걸렸다.

"할머니~~."

운동장 한편, 나무 그늘에 앉아 쉬고 계신 분을 보자마자 난 뛰었다.

나는 할머니의 자랑이니까.

할머니를 기쁘게 하는 행동이라면 많이 하는 게 좋았다. 탑재된 영혼과는 상관없이.

◇ ◆ ◇

"이거는 뭐꼬?"

"'자가'란에 표시하면 돼요. 우리 집이잖아요."

"아아~ 이게 그 소리가? 근데 학교에서 학생들 집이 어떻게 사는지도 알아야 하나?"

"그런가 보죠."

"그라믄 이거는?"

"맨 위에 할매 쓰고 아래부터 아빠, 엄마, 저 쓰면 돼요."

하나하나 꼼꼼히 무척 신중하셨다. 틀리면 큰일이라도 나는 마냥 할머니는 열중하셨는데.

일생을 살며 서류 작업할 일이 없어 정말 어려울 텐데도 할

머니는 손주와 관계된 일이라고 어떤 문구도 허투루 넘기지
않았다.

"으음, 직업도 쓰라 카네. 할매 직업은 뭐라 쓰노?"

"위대한 주부요?"

"위대한 주부?"

"그럼요. 저를 먹이고 입히고 키우시잖아요. 이보다 위대
한 일이 어딨어요?"

"아아, 그러취. 그라믄 그래 적으면 되나? 위대한 주부라고."

"예."

"그럼 아빠는?"

"국회 의원이요?"

"뭐?"

"하하하, 농담이고요. 그냥 '장사'라고 적으시면 돼요."

실제로 국회 의원이라고 적어 볼까 했으나 참았다. 할머니
도 그렇고 뒷감당이 귀찮아서.

"하이고 놀래라. 그라믄 안 된다. 선생님이 보시는데."

"예."

"으음, 그라믄 엄마도 장사라고 적으면 되제?"

"예."

"수입은 뭐꼬? 돈도 얼마나 버는지 적어야 하나?"

"재산 정도를 보는 것 같아요."

"와~ 남의 돈 버는 것까지 학교에서 알아야 하나? 아들 교

육만 잘 시키면 되는 거 아이가?"

"모르죠. 한 20만 원 적으면 되지 않겠어요?"

"그라까?"

"예."

끝까지 다 적고 나서야 할머니는 겨우 숨을 고르셨다.

오며 동사무소에서 내일 제출할 등본도 떼고 적을 것도 다 적고 준비물도 끝내고 마무리까지 거의 세 시간.

지쳤는지 잠시 소파에 기대던 할머니는 끔뻑 일어나시더니 나 과일 깎아 준다고 주방으로 가셨다. 나도 나름대로 피곤한지라 아직은 앙상한 나무를 보며 있었다.

그때 현관 초인종이 울리며 사람들이 우르르 몰려들었다.

오필승의 직원들이었다.

이학주부터 정홍식, 본부, 김연을 필두로 한 음반 사업부, 조형만의 대외 사업부, 조용길과 위대한 탄생까지.

집안이 순식간에 사람과 꽃다발로 가득 찼다.

"입학 잘했어?"

"아아, 아깝다. 애들이랑 올망졸망 서 있는 우리 총괄님 보고 싶었는데."

"사람들 많이 왔지?"

"어떠셨어요? 담임 선생님은 마음에 들어요?"

"학교는 안 멀어?"

"여기 오다 봤잖아요. 아까운 거."

"그런가?"

"히잉, 나도 따라가고 싶었는데."

"친구는 사귀었어요?"

"짝꿍이 누구예요?"

"1학년이니까 여자애 아니에요? 예뻐요? 호호호호호호."

"아이고, 할매가 오늘 힘들었겠어요."

"주변에 알아보니까 반포 국민학교가 꽤 괜찮더라고. 잘 다녀봐."

"학교가 중요해요? 선생님이랑 친구가 중요하지."

"그런가? 하긴 실속이 중요하지."

"그런데 그런 것이 우리 총괄님한테 중요할까요?"

"으응?"

"어?"

"그러네."

"맞네."

"중요하지 않지."

"완전 무적."

"선생님이고 뭐고 압살하는 거 아냐?"

어후, 시끄러워.

축하하러 왔으면 축하만 했으면 좋겠는데 왜들 이럴까.

얼른 화제를 돌렸다.

"식사는 하셨어요? 이왕 오셨으니 짜장면이라도 시킬까요?"

대여섯 명 정도면 밥하는 것도 나쁘지 않겠지만 열다섯이
넘어가니 시키는 게 최선이다.

"짜장면?"

"짜장면 좋지."

"맞아. 온 김에 먹고 들어가는 것도 좋겠지."

"저희도 좋아요."

"탕수육 시켜 주면 더 좋고."

저 떠드는 입들 좀 막고자 전화기부터 잡았다.

일단 시키며 요리부터 가져오라고 하였다. 짜장면과 짬뽕은 연달아 보내라고. 일 벌인 김에 옆집도 불러서 같이 먹었다.

갑자기 잔치가 돼 버렸지만, 이것도 소소한 이벤트니까.

어쨌든 입학 축하 기념 아닌가.

"맛있게 드세요."

"예~."

"총괄님도 맛있게 드세요~."

기분 좋게 나도 탕수육 한 점을 집었다.

윤기가 좔좔 흐르는 그것을 입안에 넣고 한입 탁 깨무는데

바사삭.

캬~.

'풍미가……'

완전히 달랐다.

달짝지근하면서도 코끝을 콱 찌르기도 하고 배달했음에도 극강의 바삭함이 살아 있었다. 2000년대의 탕수육과 고른다 면 난 무조건 80년대 탕수육이다.

마구 집어먹는 동안 짜장면이랑 짬뽕이 왔고 얼른 짜장면 을 한 그릇 집어 김연이 집은 짬뽕에서 국물 두 수저를 얻어 부었다.

"어! 짬뽕 국물을 왜 거기에 넣나요?"

"뒷맛이 더 개운해지거든요."

"아~ 그렇습니까?"

"본래는 고춧가루 뿌리는데 짬뽕 국물도 괜찮아요. 나중에 이렇게 한번 드셔 보세요."

"알겠습니다."

젓가락을 한쪽씩 잡고 휘휘 휘저으면 검정 소스가 면을 스

르르 감싸고 야채와 돼지고기 덩이가 시선을 끌며 고소한 냄새가 올라온다. 파블로프의 개가 된 듯 침이 또 솟는다.

한 젓가락 거하게 잡아 입안에 쑤욱 넣으면.

이야~.

면치기 따윈 필요 없었다.

우걱우걱 정신없이 절반쯤 마셨던가.

옆에서 짬뽕을 후루룩하던 김연이 뜬금없이 일 얘기를 꺼냈다.

"쩝쩝, 저기…… 으음, 슬슬 신인들 데뷔시켜야 할 것 같은데 어떠십니까?"

"데뷔요? 쩝쩝. 해야죠. 앨범 작업만 마무리하면 시작하죠."

"누구부터 가실 겁니까? 현재 완성도는 별국화가 제일 높긴 한데."

"완성도는 시간만 주면 충분히 올라가잖아요. 제 생각엔 입사한 순서대로 가는 게 좋겠어요. 수와 준 형들부터요."

"으음, 그렇게도 볼 수 있겠네요. 다음은 김현신이죠?"

"예."

"텀은 얼마나 둘까요?"

"한 달에 하나 정도로 보면 안 될까요?"

"저도 그게 좋을 것 같습니다. 너무 붙어도 안 되고 너무 떨어져선 영원이까지 가기 힘드니까요."

용건을 마쳤는지 다시 짬뽕에 집중한 김연을 보다 나도 내 짜장면에 고개를 파묻으려는데 이번엔 조형만이 탕수육을 우물거리며 홍주명과 옆으로 다가왔다.

"쩝쩝, 와 그렇게 보십니꺼?"

"아니에요. 무슨 일 있나 해서요?"

"좋은 소식입니더."

"좋은 소식요?"

"홍 대표님이 이번에 큰 공을 세웠습니더."

조형만이 갑자기 홍주명을 추켜세웠다.

무슨 일인가 했는데.

"서울시 재산 관리과 사람들을 딱 앞에 두고 기 한 번 안 죽고 팍팍 내지르지 않습니꺼. 5개년 지급 계약서 내놓고 동편 석촌 호수까지 20억에 마차 주면 일시금으로 싹 지급하겠다고예."

"호오, 그래서요?"

"오늘 연락 왔습니더. 시장님 결재 떨어졌다고."

요것 봐라.

못해도 30억은 될 거라 생각했는데 10억이나 세이브했다.

놀라운 눈으로 쳐다봐 주니 홍주명이 머리를 긁적이며 민망해했다.

"제가 할 일이지 않습니까. 그리고 본래 큰 땅 거래는 일시 금이 잘 없어서 밀어붙이면 그 정도는 깎아 줍니다. 서울시도 못 팔아서 안달이었고요."

본래라고 했지만 우린 그런 것도 몰랐다.

"성과급을 드려야겠네요."

"예?"

"바리케이드 치고 정화 사업까지 마치는데 드는 비용을 산정해서 가져오세요. 전 거기에 한국형 정원을 꾸리고 한옥도 몇 채 지을 생각이에요."

"아! 그렇습니까? 알겠습니다. 제가 수소문해서 정확한 금액을 찾아오겠습니다."

"기대하고 있을게요."

"감사합니다. 그리고 입학. 진심으로 축하드립니다."

"뭘요. 지금처럼만 해 주세요. 아주 신나게 해 드릴 테니까요."

"옙."

잔치는 금세 끝났다.

집안에 온통 짜장면 냄새와 꽃향기가 싸우는 중이었지만 나름 괜찮았다. 아! 조용길이 어디서 구해왔는지 입학 선물로 캐릭터 시계를 하나 쩔러주고 갔다. 똘이 장군이 그려진 거로.

"귀엽네."

다음 날이 되어 습관처럼 출근하려 폼 잡던 나는 할머니의 성화에 화들짝 책가방을 메고 등굣길에 올라야 했다.

학기가 시작된 만큼 나에겐 선택권이 없었다. 이 시대 어른들은 학교에 안 가면 무슨 큰일이라도 나는 것처럼 굴었고 특히 할머니는 본인의 존재 의의가 마치 나를 학교 보내는 일인 양 행동하셨기에 방법이 없었다.

"나 원 참, 정말 계속 이 짓을 해야 하는 거야?"

1학년 2반.

나무로 된 바닥에 나무로 만든 책걸상에 앉으니 더 진한 현타가 왔다.

옆엔 어제 짝꿍이 된 여자애가 앉아 어떤 색 연필을 꺼내느니 하며 부산을 떨었고…… 이름이 최연주라고 했던가? 양갈래로 땋은 머리에 꽃핀도 꽂고 원피스에 구두도 신었다.

애를 보니 더 와 닿았다. 나의 국민학교 시절이 다시 시작되려는 걸.

쿵쿵쿵

육중한 울림과 함께 문이 열렸다.

붉은색 루즈를 두껍게 바른 우리 연태자 선생님이었다. 빈자리가 없는지 스윽 살펴본 후 출석을 불렀고 1교시 시작종이 땡 울리자 국어 시간임에도 국어책을 펴지도 않고 받아쓰기 시험을 보겠다 하셨다.

반론은 없었다.

까라면 까는 것.

우린 준비된 공책을 두고 귀를 활짝 열어야 했다.

선생님은 열 개의 문장을 최대한 또박또박 불러 주셨다.

1. 나는 철수입니다.

2. 나는 학교에 갑니다.

3. 영희는 집이 가깝습니다.

4. 공책을 펴세요.

5. 우리 학교는 반포 국민학교입니다.

…….

…….

10. 내 이름은 OOO입니다.

얼떨떨하면서도 한숨이 나오는 시간이 흘러갔다.

받아쓰기한 공책을 걷어 가고 나서야 난 이게 선생님 나름대로의 학업 성취도 검사인 줄 깨달았지만, 역시나 적응이 어려웠다.

2교시는 풍금을 울리며 노래를 불렀다.

음악책은 첫 장부터 왠지 반공을 외쳐야 할 것 같은 그림체에 태극기와 무궁화가 휘날렸다. 애국가가 4절까지 나왔다. 뒷장부터는 '새마을 어린이'도 나오고 '우리 엄마', '비행기', '똑같아요', '산토끼', '얼룩 송아지', '어린 음악대'도 있었다.

짧게는 두 소절, 길게는 세 소절이 끝인 곡밖에 없음에도 우리 연태자 선생님은 성심껏 연주하고 노래를 불러 줬다. 따라 부르게 했다.

나도 립싱크로 따라 불렀다.

"......."

3교시는 산수 시간이었다.

'1+2 = ?', '3+5 = ?' 정도의 문제들이 칠판에 적혔다. 도형 끼워 맞추기 같은 것들이 내 정신을 어지럽혔다.

어쩐지 나의 지성이 위협받는 느낌마저 들었다. 이대로 가다간 똑같이 하향 평준화되는 게 아닌지 하고 말이다.

쉬는 시간에는 슬슬 자기네끼리 눈 마주친 녀석들이 하나둘 무리를 짜기 시작했고 그렇게 며칠 지나자 적응 완료한 아이들은 서로를 집에 데려가며 친분을 확인하는 작업도 들어갔다.

나는 그냥 혼자 다녔다.

애들 끌고 다니려면 못 다닐 것도 없겠지만 이제 겨우 사탕 빠는 애들을 두고 무엇이 중헐까.

그런 취미도 없었고 있는 듯 없는 듯 존재감 없이 다니는 게 내 목표라.

그사이 대길 건설은 서울시와 계약을 끝냈고 홍주명의 주도하에 공사업체 컨택에 들어갔다.

수와 준 앨범은 모두가 총력을 다해 달려들자 금방 궤도에 올랐고 막바지로 향하고 있었다. 나의 생활도 학교, 회사, 집이라. 전의 회사, 집에서 한군데가 더 늘며 아주 바빠졌다.

"넌 왜 장난 안 쳐?"

학교 다니기 시작한 지 한 달쯤 됐던가? 수와 준 앨범 자켓 작업을 끝내고 녹음까지 마친 시점에서 내 짝꿍인 최연주가 처음 던진 말이었다.

이때는 남자애들은 남자애들끼리 여자애는 여자애들끼리 뭉치던 때라 서로 본체만체하는 게 대세였는데.

"뭐?"

"왜 안 놀리고. 안 괴롭혀? 너 남자애잖아."

무슨 소린가 했다.

들어 보니 예쁘장하게 생긴 편이라 몇 번 남자애들의 타겟이 된 것 같은데 괜히 머리카락을 잡아당긴다든가 때리고 도망가는 짓을 당한 모양이다.

이맘때 애들 장난이 다 거기서 거기일 테니까.

'누구누구 좋아한대요~', '누구 팬티가 어디에 걸려 있네~', 잘 노는 고무줄 괜히 끊어 버리고 포니테일 머리는 당기기 딱 좋고 등등.

제 딴에는 당혹스럽고 분했던지 질문에 의아함이 가득했다.

"내가 다른 남자애들이랑 달라서 궁금해?"

"응, 넌 안 괴롭히고 안 놀리잖아."

나도 그랬어. 어렸을 땐.

"그래서 뭐?"

"으응?"

"널 도와주지도 않잖아. 난 그냥 아무것도 안 하는 것뿐이라고."

"……."

내 말에 무슨 문제가 있는지 미간을 찌푸리며 쳐다본다.

"왜 또?"

"이상해. 아빠 같아."

"엥?"

"몰라. 너 이상해."

갑자기 토라져서는 시선도 안 마주친다.

이건 또 무슨 상황인지.

그리고 내가 왜 네 아빠 같아?

"……."

모르겠다. 당최 모르겠다.

여자애들은 어릴 때부터 이리도 복잡한 건지.

머리가 아파진다.

머리 아플 땐 피아노 연습이나 하자.

음계를 상상하며 손가락을 놀렸다.

수와 준 1집 '새벽 아침'은 본래 1986년에 발매, 87년 연말까지 활동할 곡이었다. 이게 나 때문에 84년에 나오게 된 건데.

2년이나 빠른 데뷔가 그들에게 어떤 영향을 끼칠지…….

걱정이 컸다.

별국화나 김현신은 본래 84년 데뷔라 별 차이 없겠지만 수와 준은 달랐다. 그래서 옛 기억보다 더 잘 됐으면 좋겠다는 바람인데.

더구나 이 형들은 늙어서도 봉사였고 지금도 늘 봉사를 다닌다. 폭력배들의 린치를 피했다지만, 건강은 여전히 의심스럽다. 여건을 갖추는 대로 건강 검진도 빡세게 시켜 줄 예정이었다. 우리 식구들이 몹쓸 병 걸리지 않게 막는 것도 내 일이니까.

'그러네. 내가 이럴 게 아니라 병원에 제안서나 하나 넣어야겠다.'

VIP를 위한 헬스케어.

공인된 성공 사업이었다. 초창기라 가격은 좀 나가겠지만, 잘만 뚫으면 할인된 가격에…… 할인되지 않아도 상관없었다. 죽을 때 돈 싸 들고 가는 것도 아닌데 나눠 쓰는 거지.

"어! 너 피아노 쳐?"

"으응?"

"나도 피아노 쳐."

이상한 외계인 보듯 밀어낼 때는 언제고 자기도 피아노 칠 줄 안다며 고사리 같은 손으로 건반을 매긴다.

얜 뭐지?

그러다 또.

"이상해. 남자가 받아쓰기도 맨날 100점이야. 피아노도 치고."

"……?"

"엄마가 이상한 애랑은 놀지 말랬는데."

다시 슬쩍 물러난다.

아무래도 사차원을 짝꿍으로 만난 모양이다.

신경 끄고 이제 곧 나올 '새벽 아침'이나 어떻게 띄울까나 생각하려는데.

쿠당탕탕

"아야!"

돌아보니 잘 있던 짝꿍이 바닥에 넘어져 있고 걸상은 어떤 녀석이 히죽대며 들고 있었다.

한태국이라는 애였다. 다른 아이들보다 키가 한 뼘이나 더 크고 그래서 어느새 자기가 우리 반 대장인 것처럼 구는 녀석.

의자 빼기에 당했다.

그 바람에 짝꿍 다리에 걸린 책상이 들썩였고 내 연필과 필통이 바닥에 떨어졌다. 날 외계인 취급하던 짝꿍은 아픈지 일어나지도 못하고 울먹였다.

한숨이 나왔다.

아무리 모른 척하고 다니려 한다지만 내가 무슨 모아이 석상도 아니고 젠장.

한태국이라는 녀석에게 갔다.

"걸상 줘."

"왜?"

"안 주면 선생님한테 이를 거니까. 네가 최연주 괴롭혔다고."

"나 안 괴롭혔는데."

발뺌이라.

웃기는 놈.

"최연주는 울고 짝꿍인 내가 괴롭혔다 하면 넌 괴롭힌 사람이 되는 거야. 그러니까 어서 돌려줘."

"싫은데."

"선생님한테 이른다고 했다."

"일러라. 고자질쟁이야."

쥐방울만 한 게 어휴~ 라고 하며 주먹을 든다.

훤히 드러나는 저 턱주가리를 어떻게 한 대 후려칠까?

당장에 보이는 빈틈만도 열두 군데가 넘는데.

한 번 피똥 싸게 해 줘?

"에효, 마음대로 해라."

넘어진 짝꿍을 일으켜 세웠더니.

"장대운은요. 최연주를. 좋아한대요. 좋아한대요."

막 놀린다.

돌아보자 어느새 몇몇이 따라붙어 같이 놀리고 있었다.

그때 우리 험악한 카리스마 연태자 선생님이 문을 열고 들어왔다. 한태국은 서둘러 걸상을 가져다주고는 자기 자리로 돌아갔고 짝꿍도 일 크게 만들고 싶지 않은지 얼른 수습했으나 나는 앉지 않았다.

"어! 대운이는 왜 서 있어?"

"선생님."

"왜?"

"한태국이 최연주를 괴롭혔어요. 걸상을 빼서 넘어뜨리고 막 놀리고. 최연주가 울었어요."

"뭐?! 그게 정말이야?"

"……."

한태국은 아무 말 없이 버텼으나 그냥 넘어갈 연태자 선생님이 아니었다.

"한태국. 너 이리 나와."

감히 우리 연태자 선생님한테 만큼은 거역 못 하겠는지 고개 푹 숙이고 나간다. 꼭 도살장에 끌려가는 소처럼.

"너 정말 연주 괴롭히고 울렸어?"

"아니요. 그게 아니에요."

아니라고 우기지만 내가 더 큰 소리로 말했다.

"여기 친구들이 다 봤어요. 제가 최연주 걸상 돌려 달라고 해도 안 주고 놀리기만 했어요."

"대운이 말이 맞아?"

"""예~."""

"한태국이 최연주를 울렸어요."

"최연주가 아야! 하고 울었어요."

반 전체가 그렇다고 하자 연태자는 한태국의 손목을 잡고 우리 앞으로 끌고 왔다.

"어서 사과해. 어디서 친구를 괴롭히고 놀려. 선생님이 그렇게 가르쳤어?!"

"아……니요."

"빨리 사과해. 안 그럼 엄마 모셔 오라고 할 테다."

"……알았어요."

엄마 부르는 건 안 되겠는지 못 이기는 척 사과한다지만 날 노려보는 녀석의 눈빛은 전혀 반성의 기미가 없었다.

단지 사과했다는 것만으로 선생님은 만족한 듯 돌아갔지만 난 이게 끝이 아니란 걸 알았다.

아니나 다를까.

수업이 끝나고 교문을 나가려는데 어디에서 달려왔는지 녀석이 자기 무리와 함께 앞을 막았다.

"너~ 선생님한테 일렀어."

"……."

"너 이리로 따라와."

날 끌고 가려 했다.

웬걸.

오랜만에 손맛 좀 보려나 싶어 순순히 따라가려 했다.

하지만 내 주위에 강력한 방해꾼이 있다는 걸 잊었다.

"대운아~~."

큰 목소리와 함께 성큼 나타나는 강희철에 녀석의 무리는 움찔.

나도 아차 싶었다.

손맛은 나가리 됐구나.

"삼촌."

학교에서만큼은 삼촌과 조카였다.

"학교 끝났어?"

"예."

"얘들은 누구야?"

다 알면서 묻는다.

"몰라요. 집에 가요."

"그래?"

슬쩍 한태국의 무리를 봐주는 강희철이었다. 강도도 때려 잡는 무서운 눈길에 확 쫄아 버리는 애들이라.

나는 강희철의 옷깃을 끌었다.

"가요. 할머니 기다리겠어요."

"그럴까?"

가면서 한태국을 보았다.

운 좋은 놈.

하지만 너도 이거로 끝난 거라 생각하지 마라.

다음 날 난 등교하자마자 우리 연태자 선생님을 찾아갔다.

"선생님."

"어, 왜?"

내 학업 성취도가 최상위 수준이라는 걸 깨달은 이후 선생님은 내게 항상 친절했다.

"어제 집으로 가는데 한태국이 자기 친구들을 데리고 와서 절 때리려 했어요."

"뭐?!"

"최연주 때렸다는 거 일렀다고요. 저한테 복수하려 했어요."

"뭐라고?! 너 괜찮니?"

급히 내 신색을 살핀다.

"마침 삼촌이 지나가다가 절 발견하지 않았다면 꼼짝없이 맞았을 거예요."

"이 녀석이 정말!"

그날 한태국을 닮은 한태국의 어머니는 학교로 불려 와야 했고 한태국 무리는 일주일간 1학년 화장실 청소를 도맡아 해야 했다.

학교 다니는데.

누가 괴롭혀서 힘드나?

친구가 괴롭혀서 학교 못 다니겠나?

방법은 간단하다.

영화배우 황정만 씨가 그랬듯 샤프로 팍!

죽을 각오로 피 터지게 싸워서 만만한 놈이 아니라는 걸 보여 주던가. 아님, 조금만 건드려도 가서 일러라. 선생님께 일

217

러서 안 되면 교무부장에게, 교무부장이 안 되면 교감, 교장
에게 계속 일러라.

완전 악종은 아예 안 만나는 게 제일 좋겠지만, 대부분은
한두 번 때리다가 끝난다. 손가락질할지언정 더러워서 건들
지 않는다.

이게 캐릭터였다.

이게 날파리들 퇴치법이었다.

한 번 깨진 후 한태국은 나름대로 조심하며 살았다.

물론 이게 끝이 아니라는 건 나도 알았다. 날 볼 때마다 던
지는 유감의 눈빛은 내가 군이 어른의 영혼을 탑재하지 않았
어도 알만한 것이었으니.

'그래도 그런 눈빛만 던져라. 선은 넘지 말고. 선을 넘었다간
날 만난 게 네 삶의 작은 에피소드 정도로 끝나지 않을 거다.'

직접적으로 움직이지 않으면 놔둘 생각이다.

그러나 정죄는 정죄.

괘씸함은 또 괘씸함이었다.

"선생님, 한태국이 계속 쫓아오면서 째려봐요."

"선생님, 한태국이 뒤에서 없는 말 지어내고 제 욕하고 다
녀요."

"선생님, 한태국이 지나가며 제 책상을 쳤어요."

나의 꼰지름은 녀석의 행동과 연결되어 구석구석 멈추지 않았다. 간혹 내 문제를 벗어나기도 했고.

"선생님, 한태국이 강은정을 괴롭혀요."

"선생님, 한태국이 하민주를 괴롭혀요."

"선생님, 한태국이 전민호를 때렸어요."

"선생님, 한태국이 청소 안 해요."

"선생님, 한태국이 숙제 안 해 왔어요."

"선생님, 한태국이……."

시시콜콜한 것에까지 이르자 어느새 한태국은 나만 보면 설설 피하기에 급급했다.

선생님 또한 더는 못 보겠는지 넌지시 물어왔다.

"넌 왜 그렇게 한태국을 못살게 구니?"

선생님의 이런 물음이 가능해진 건 1학년 2반에서의 나의 존재감이 다른 아이들을 압도해서이기도 했는데 결정적으로 한태국은 공부를 너무 못했다.

우리 연태자 선생님도 나 같은 아이는 처음이었던지 무척 당혹스러워하며 조심스러워했다.

재밌었다.

나도 인정했다. 나의 행동은 어떤 의미에선 다른 형태의 괴롭힘이니까.

"한태국을 위해서예요."

"응?"

"왜냐고 물으신다면 전 이렇게밖에 답할 게 없어요."

"그게…… 무슨 얘기니?"

"태국이는 덩치도 남다르고 힘도 무척 세요. 딱 봐도 타고난 강골이죠. 그런데 성품이 주변을 깔봐요. 이런 애는 놔두면 자기 힘만 믿고 더 큰 잘못을 저지르거든요. 지금이야 1학년이지만 나중에 중학생, 고등학생 되면 아무도 못 말려요. 그건 당하는 입장에서나 태국이의 삶에서나 전혀 도움되지 않아요."

"뭐……라고?"

입을 떡 벌린다.

"그래서예요. 전 지금 최선을 다해 친구가 나쁜 길로 빠지지 않도록 도와주는 거예요. 그게 친구의 의무잖아요."

"……."

우리 연태자 선생님도 사실 내 덕을 보는 중이었다.

내가 말썽꾸러기들을 확 휘어잡자 우리 반에선 더는 울거나 다치거나 사고가 일어나지 않았다. 다른 반은 아직도 서열 가리느라 벌써 몇 명이 피를 봤다. 물론 크게 다친 건 아니고 코피 정도였다. 어릴 때 코피 나면 지는 거니까.

그리고 선생님과 나는 꽤 가까워진 상태였다.

매일 찾아가는 바람에 50명 학생 중 가장 많이 대면한 상태였고 공부 잘하는 내게 항상 친절했기에 초반 불독 인상 때문에 받은 거부감은 거의 사라졌다.

외모만 우락부락, 은근 순둥이에, 단순하고 귀여운 맛이 있었다. 나도 선생님만큼은 거스르지 않고 앞장서서 따르는 편이라 관계는 좋을 수밖에 없었다.

수업이 끝났다.

"이제 회사로 가 볼까?"

방과 후 일정은 늘 회사로였다.

책가방 내려놓고 할머니가 차려 준 점심을 먹자마자 출발.

요즘 우리 회사 최대 이슈는 수와 준의 앨범 '새벽 아침'이었다.

제작은 했다.

이제 어떻게 알릴까?

카프카 무대에 올린다지만 한계는 분명했고 주변엔 방송국이 많았다.

전통적인 방법을 쓰기로 했다.

찾아가 일일이 인사하고 대면하는 것.

김연이 사용했던 레코드가게 공략은 너무 긴 시간을 요구했고 가성비가 떨어졌다. 이때 가장 빨리 반응을 볼 수 있는 방송국은 우리에게 놓칠 수 없는 홍보 방법이었다.

수와 준은 나까지 따라간다고 하자 무척 영광스러워했는데 어쨌든 우린 보무도 당당하게 방송국으로 향했다.

"안녕하십니까. 이번에 오필승 엔터테인먼트에서 신인 앨범이 나왔습니다. 한번 들어봐 주십시오."

"수와 준입니다!"

"어! 그러세요? 수와 준? 쌍둥이네. 알았어요. 한번 들어 볼게요."

제일 먼저 쇼2000 PD를 만나고 MC인 이덕하도 봤다.

김연은 이곳저곳을 돌아다니며 조금이라도 도움되겠다 싶으면 앞장서서 앨범을 내밀었고 허리를 깊이 숙였다. 따라다니던 수와 준은 그 모습에 감격했는지 더욱 열심히 '수와 준'을 외쳤다.

"TV 쪽은 일단 만날 곳은 다 만나 본 것 같습니다."

"그런가요?"

"이번엔 라디오국으로 갈 생각입니다. 사실 거기가 진짜죠."

"라디오라. 하긴 TV는 보는 시간도 한정적이고 프로그램도 적죠."

"예, 라디오는 잘만하면 계속 틀어 주니까 최고죠. 고정 팬들도 많고요. 오늘부터 시간대별로 PD와 진행자를 다 만나야 합니다."

"이 일도 보통이 아니네요."

"그렇긴 하죠. 하지만 무조건 해야 할 일이기도 합니다."

무조건 해야 할 일이라.

"그런데 계속 김 실장님이 다 다니실 건가요?"

"예?"

"앞으로 나올 신인들도 계속 있잖아요."

"아! 일단은 제가 다할 생각입니다. 하면서 이쪽 계통에서 안면을 싹 다 틀 생각입니다."

옳은 말이었다.

좋은 자세이고. 그런데,

"그다음은요?"

"그다음이라면……요?"

"혼자서 다 따라다니지 못하실 거잖아요. 방송국에 인맥을 만드는 건 좋은데 이제 슬슬 전담 매니저를 만들 때 아니에요?"

"아! 그 말씀이십니까?"

"이 건은 아무래도 새롭게 규칙을 만들어야겠어요. 아니, 이참에 우리 전체 급여 체계도 마찬가지로 손봐야 할 때가 온 것 같아요. 따로 천천히 생각해 보고 의견을 여쭤볼게요."

"으음, 알겠습니다. 그럼 가실까요?"

"예."

그렇게 라디오국으로 향했고 첫 방문지로 가려는데 누군가가 툭 튀어나왔다.

"아이고, 잘 부탁드립니다. 예예, 불러만 주시면 열일 다 제치고 달려오겠습니다. 감사합니다. 감사합니다. 꼭 좀 불러 주십시오."

나오면서 허리를 수십 번 숙였다.

그가 인사하는 대상이야 누군지 뻔하다지만 가만히 쳐다 보는데 무척 낯이 익은 남자였다.

문이 닫히자 그는 인사할 때와는 전혀 달라진 표정으로 돌아섰다.

그 얼굴을 보는 순간 나는 그가 누군지 알 수 있었다.

"어!"

차가운 얼굴로 쌩하게 스쳐 지나가는 남자는 태지나였다.

대한민국 트로트계의 레전드.

송대간, 연철, 설운두와 함께 트로트 4대 천왕이 된 남자.

대한 가수 협회 회장도 역임한 남자.

수많은 히트곡과 위상으로 온갖 상패와 기록을 휩쓴 데다 기획사마저 차리고 차남인 '이누'를 스타로 키운…… 이쪽 계통에선 입지전적인 업적을 이룩한 남자였다. 첫째 아들도 어디 기획사를 운영한다는 얘기를 들었는데.

너무 반가웠다. 어떻게 아는 척이라도 하려 돌아보는 순간 바람처럼 모퉁이를 돌아 사라졌다.

'태지나라니.'

그나저나 이누랑 똑같이 생겼다. 어쩜 저렇게 아비와 아들이 판박일까.

"들어가시죠."

"아, 네."

태지나는 태지나고 우린 우리니까.

한 번 봤으니 언제든 찾을 수 있다.

강희철이 화장실로 간 사이 담당 PD와 인사한 김연과 수

와 준은 부스 안까지 들어가 진행자와도 얼굴을 텄다. 분위기
가 아주 좋았는데 담당 PD가 김연과 전부터 아는 사이인 모
양이다.

얘기가 조금 길어졌다.

잠시 서서 기다리는데 작가인지 어떤 여성이 나를 의자에
앉혀 주고 사탕도 하나 쥐여 줬다.

"착하지. 조금만 기다려. 아빠 금방 나오실 거야."

"고맙습니다."

나를 김연이 데려온 아들쯤으로 여겼나 보다.

굳이 아니라고 하는 것도 웃겨 가만히 대기하는데 옆에서
소곤대는 소리가 들려왔다.

"뻔뻔해. 어떻게 사람이 그렇게 뻔뻔할 수 있지?"

"맞아요. 언니. 완전 철면피야. 그 일을 세상 사람들이 다
아는데 방송국 제재 풀렸다고 앨범부터 들고 오는 것 봐요."

'이게 무슨······.'

순간 우리 욕하는 줄 알았다.

"앨범 만들려면 돈이 꽤 들 텐데. 그 돈을 다 어디에서 벌었
을까?"

"미국에서 벌었다잖아요. 송대간이 이끌어 줘서. 거기서도
제비 짓 안 했는지 모르겠어요."

"모르지. 그럼 계속 거기서 살면 되잖아. 한국엘 왜 들어와?"

"그러니까 뻔뻔하다는 거죠."

'뭐지?'

"그나저나 그 사람들 잘살고 있을까?"

"누구요?"

"그 당사자들."

"어떻게 잘살겠어요? 집안이 풍비박산 났는데. 결혼 앞둔 딸내미가 파혼당하고 결국 자살까지 했다잖아요. 남편은 잘나가는 건설사 사장직에서 물러나고."

"자살까지 했어? 난 그 얘긴 못 들었는데."

"말도 마요. 기자들 앞에서도 뻔뻔하게 굴고 그 바람난 년을 그 건설사 사장님이 용서해 주지 않았으면 여태 감옥에 있었을 거예요. 난 모르겠어요. 어떻게 저런 사람이 있을 수 있는지. 나 같으면 부끄러워서 이쪽으로는 오지 못할 텐데."

누구 얘기인지 감이 잡혔지만 도통 믿을 수가 없었다.

내가 그 양반 노래를 노래방에서 얼마나 불러제꼈는데.

레전드였다. 찐 레전드. 좋은 일들 많이 한다고 TV에서도 봤다.

어떻게 이런 말도 안 되는 짓을 벌였다고 하는 걸까?

"……."

아닐 것이다. 그럴 리가 없었다.

그냥 풍문이 와전돼 악랄하게 변질된 건일 것이다.

그럴 확률이 높을 것이다.

"잘 좀 부탁합니다."

"하하하하, 걱정 마라. 네 부탁인데 내가 모른 척할까."

"계속 찾아와도 되죠?"

"좋은 곡이면 언제든 환영이다. 자식아."

"그건 걱정하지 마십시오. 우리가 말이죠. 오필승 엔터테인먼트입니다."

"그래그래, 들어 볼게. 바쁜데 어서 다른 곳도 돌아봐야지. 아니다. 저기 윤 PD는 내가 전화해 놓을 테니까 거기부터 들어가."

"윤 PD라면 별이 쏟아지는 밤에요?"

"응, 거기부터 가. 지금 전화해 놓을게."

"와! 알았어요. 고마워요."

"뭘. 꼭 앨범이 아니더라도 찾아와라. 알았지?"

"예."

서둘러 나온 김연은 곧장 다른 곳으로 가려 했다.

그러나 난 지금 그럴 기분이 아니었다.

"김 실장님."

"예."

"지금부터 저는 따로 움직일게요. 할 일이 생겼네요."

"아! 알겠습니다. 그럼 저는 바쁘게 움직이겠습니다."

"수고하세요."

인사하는 수와 준과 함께 가는 김연의 등을 보다 나는 강희철과 방송국을 나왔다.

걸어서 이동하던 중 강희철을 보았다.

"뭐 하나 부탁해도 될까요?"

"부탁이요? 말씀하십시오."

"태지나라고 아세요?"

"……모릅니다."

모르는구나.

"트로트 가수인데요. 올해 방송 제재가 풀렸다고 하더라고요."

"예."

"이 사람이 무엇 때문에 방송 제재를 받았고 이전에 무슨 일을 했는지 궁금해졌어요. 알아봐 주실 수 있나요?"

"가능합니다."

"그럼 부탁드릴게요."

"알겠습니다. 며칠만 기다려 주십시오."

강희철에게 일을 맡긴 나는 곧장 도종민에게 찾아갔다.

김연에게 말하면서 깨달은 건데 올바른 수익 분배 문제 때문이었다.

"아……. 그런 점이 있었네요. 매니저라. 확실히 급여만 가지고 움직이기엔 상실감이 크겠어요."

"그렇죠. 같이 잠 못 자고 멀리 다니는데. 누군 이만큼 가져가고 누군 가수에 비해 쥐꼬리만 한 급여라면 힘들지 않겠어요?"

"스타와 스탭이라는 근본적인 차이가 있더라도 짚고 넘어 갈 점인 것 같긴 합니다."

"물론 다수의 동의를 얻어야겠지만 지침 정도는 만들고 가 야 할 듯싶어서요. 이참에 각 사업부 수장에 대한 대우도 수 정해야 할 것 같고요."

"으음, 일이 커지겠네요. 그럼 총괄님은 어느 정도 선까지 보고 계신가요?"

"5~10%요."

"……너무 큰데요."

"큰가요?"

"회사 규모가 커질수록 인센티브 때문에 체계가 뒤집히는 경우도 생길 것 같습니다. 사기 진작을 위한 보상은 찬성이지 만 선을 넘는 건 안 됩니다. 우리 직종이 영업임과 동시에 영 업이 아님을 감안했을 때 과한 측면이 있고요. 게다가 매니저 의 업무는 앨범 제작과는 전혀 관련 없지 않습니까. 다른 여 러 부분에 대해서도 명확히 짚어 봐야 할 것 같고 일단 고문 님과 상의해 보고 적절한 선에서 조정해 보는 건 어떨까요? 이후 전체 회의를 통해 접근하는 방식으로 풀어 보는 게 좋을 것 같은데. 어떠십니까?"

"……."

할 말이 없었다.

동네 장사할 게 아니라면 기업은 무조건 시스템이었고 도종민의 말은 옳았다.

앞으로 오필승 엔터테인먼트의 업무 표준을 정하는 일이라 언뜻 치민 충동만으로 덤빌 건은 결코 아니었다.

"알겠어요. 제 의견은 신경 쓰지 마시고 적절한 선에서 분배가 가능한지 알아봐 주세요. 어떤 결정이 나오더라도 이 바닥의 어떤 회사보다 우월할 테니까요."

"그렇게 보시는 게 옳습니다. 저도 최선을 다해 접점을 만들어 오겠습니다."

◇ ◆ ◇

며칠 이학주와 도종민이 오가며 꾸물꾸물하던 인센티브 문제는 의외로 간단한 결론이 나왔다.

방송 출연 수익이나 기타 행사 수익에 관여하는 부분이 극히 적다고 판단, 내가 제시했던 비율의 보상은 과하다고 빨간 줄로 빗금을 그었고 대신 보상 차원에서 정산하는 가수 수익의 5%를 음반 사업부에 보너스로 넣어 주는 것을 합의 봤다.

이게 무슨 말이냐면.

반기든 매년이든 정산하는 시점, 음반 사업부는 가수 수익의 5%를 받아 이중 절반을 담당 매니저에게 지급, 나머지는 음반 사업부 전체가 나눠 가지는 형식으로 분배하기로 한 거다.

이를 골자로 전체 회의를 소집했다.

전체 회의를 연 이유는 해당 수익을 회사가 임의로 정할 수 없어서였는데 주주와 가수들의 동의를 얻어야 했기 때문이었다.

"으음, 고생하는데 5% 정도면 용인 가능하겠네요. 행사 잡히면 아침부터 전국팔도를 같이 돌아야 하는데 이 정도도 못 해 주면 안 되겠죠."

제일 먼저 조용길이 고개를 끄덕이자 나머지 신인들은 당연히 그래야 하는 줄로 알고 동의했다. 조용길은 이런 개편이 없이도 충분히 챙겨 주는 타입인데 공론화시키니 더 좋아했다. 전담 매니저 겸 대표인 유재한도 만족하고.

이학주는 매니저 계약서를 수정, 정해진 조건을 가수의 사인과 함께 넣을 수 있게끔 개정했다.

"대략적인 건 다 된 것 같고 남은 건 조용길 6집인가? 김현신 앨범도 나가야 하고 아이고, 학교도 다녀야 하고 페이트 3집도 조금 있으면 해야 하는데 되게 바쁘네."

바빴다.

1년에 한 번꼴로 돌아오는 조용길의 앨범과 페이트 3집의 발매 시기가 이번에 겹쳤다.

지군레코드 사장은 일본 시장에서의 판매고가 완만한 곡선으로 줄어들긴 했으나 무난히 100만 장에 다다를 것 같다 하였다. 1월 말경에 낸 2집은 1집보다 더 가파르게 치솟는 중이고 벌써 50만 장을 넘겼다 했다. 6개월 만에 새 앨범이 나오자 광분 중이라고. 조용길 5집도 지난달에 이르러 100만 장을 넘겼다.

모든 게 순항 중이었으나 나는 계속 마음이 부산스러웠다.

그놈의 학교가 뭔지.

별것 아닌 일에 심력이 엄청 들어간다. 더구나 하루의 절반을 빼앗아가 버리는 통에 활동 폭이 확 줄어들었다.

"에효, 그래도 해야지. 할머니가 좋아하시는데. 6집도 슬슬 녹음해서 들려줘야 용길이 아저씨도 준비하고. 그래, 바쁘면 시간을 더 쪼개면 된다."

그렇게 오늘도 책가방을 메고 학교로 출근했다.

열심히 다녀서인지 학교는 거의 정착 단계였다.

다른 짝들은 책상에 금을 긋고 서로 넘어오지 말라는 등 싸우고 있을 때도 나는 최연주와 사이가 좋았다. 자기를 도와줬다고 생각하는지 외계인 보듯 안 하고 자꾸 사탕을 준다. 어떤 시험을 봐도 100점인 내가 신기하다면서 우리 연태자 선생님이 손가락을 다쳐 풍금을 잘못 연주할 때는 친히 손을 들어 나를 추천하기도 했다.

장대운이 피아노 잘 쳐요. 하고.

그 덕에 연태자 선생님은 음악 시간만 되면 나를 불러 풍금에 앉혔다. 내가 원하는 대로 잘 쳐주기도 했지만, 그녀도 혼자서 다 하는 것보단 조수가 있는 게 편한 모양.

그런 내게 어느 날 한태국이 다가왔다.

갑자기 그림자가 진다 했더니 확실히 덩치가 컸다.

웬일일까.

"너."

"왜?"

"……."

당당하게 나가니 도리어 할 말이 없는지 말을 못한다.

"할 말 없으면 간다. 쓸데없이 부르지 말고."

"아니야."

"그럼 뭔데?"

"나랑 싸우자."

"뭐?"

"남자답게 싸우자. 자꾸 선생님한테 이르지 말고."

그동안 얌전히 있더니 생각한 게 겨우 이것이었나?

이조차도 이르면 간단히 끝날 일이긴 한데.

그러면 이 녀석은 죽을 때까지 납득 못할 것이다. 날 알기를 고자질쟁이로 알 테고.

"나랑 싸우면 이길 수 있을 것 같아?"

"그래, 아무도 없는 곳에서 일대일로 싸우면 너는 나한테 안 돼."

언뜻 그렇게도 보일 수 있겠다.

나는 아직 덜 자랐고 이 녀석은 당장에 3학년쯤으로 보이니까.

'가만히 있으면 놔두려 했더니 자꾸 엉기네. 이쯤에서 호되게 혼내 주는 게 나으려나?'

나중에 커서 덤비면 다칠 수도 있었다.

저 몸으로 무엇을 배웠다간 흉기가 될 테고.

이 시기 격투기는 기껏해야 권투였고 유도도 그렇고 태권도도 겨루기보단 품새에 집중했으니 무섭지 않았다.

종합격투기는 개념부터가 없었고 나는 그런 종합격투기를 5년이나 수련한 남자였다. 입식 타격이 가능했고 그래플링도 무난했다. 힘이나 덩치로 밀고 들어오는 일반인은 절대로 나를 배겨낼 수 없었다.

"따라올래?"

"싸우자고?"

"싫어?"

"가자. 어디야?"

신났다.

우리는 학교 건물 뒤편으로 돌아갔다.

학교는 뒤편에 정원 비슷한 걸 꾸리고 있었는데 간단한 채소 및 꽃밭과 함께 토끼장도 있고 공작새 우리도 있었다. 나무도 무성한 터라 일부러 지켜보지 않으면 두 사람 정도는 충분히 가려 주는 곳.

"네가 싸우자고 한 거다."

"맞아. 내가 싸우자고 했어."

"미리 말하는데 내가 싸울 줄 몰라서 너랑 안 붙은 거 아니다. 맞았다고 엄마에게 이르기 있기? 없기?"

"내가 너 같이 고자질쟁이인 줄 알아!"

"그럼 덤벼."

"이 새끼가."

역시나 주먹부터 마구 휘두르며 밀고 들어왔다.

보통 아이라면 기세에 밀려 아무것도 못 하다 실컷 얻어맞고 울었겠지.

그러나 사이드 스텝은 이럴 때 쓰라고 있는 것이다.

슬쩍 옆으로 피하는 것만으로 녀석의 주먹은 허공을 휘저었고 훤히 빈 옆구리는 치기 딱 좋은 샌드백이다.

왼손 훅.

이때도 팔만 움직이는 게 아닌 발의 방향까지 같이 따라가면 주먹에 속도 증가는 물론 체중까지 실린다. 아무리 세게 휘둘러도 10kg 언저리의 파워에 몸무게 20kg이 얹혀지는 것이다.

퍽

"억."

제대로 된 임팩트.

녀석이 지금 느끼는 옆구리 충격은 아드레날린이 잔뜩 치

235

솟은 상태라 해도 무시할 계제가 아니었다.

금세 부여잡고 주저앉았다. 숨이 잘 쉬어지지 않는지 꺽꺽
대며 괴로워했다.

'아이고, 저지르고 말았네.'

바보같이.

국민학교 1학년을 상대로 무슨 짓인지.

양심의 가책이 느껴졌다. 그래서 혹시나 왼손만 사용한 건데.

아이를 상대로 너무 지나치게 고퀄을 활용했다.

고개를 절레 흔든 나는 얼른 다가가 등을 퍽퍽 쳐줬다.

"울어. 어서 울어!"

그제야 숨을 들이쉬었고 울음이 터졌다.

"으아아아아아앙~~."

어린놈이 목청 한 번 좋다.

쩌렁쩌렁 온 건물을 울렸다.

하긴 자기도 처음이었겠지. 충격에 숨 못 쉬는 경험은.

놀란 선생님들이 몰려왔고 아이들도 와르르 달려들었다.

"왜 그래? 왜 그래?!"

"너 왜 울어?"

나와 번갈아 보는데 생채기도 없고 어디 흐트러진 곳도 없
다. 아무리 봐도 싸운 것 같지 않은지 선생님들은 갸웃댔다.

"힘센 거 자랑하다가 넘어졌어요. 잘못 넘어져서 저기에
부딪혀 이런 거예요."

"얘 말이 맞아?"

"으흐어어어엉."

"말 좀 해 봐. 싸운 거 아니지?"

지금 애가 저렇게 아프다고 우는데 싸운 게 중요한가?

놔두면 계속 저러고 있을 것 같아 끼어들었다.

"선생님, 태국이 아프다고요. 계속 이러고 계실 거예요?"

"으응?"

"흐어어어어엉."

"양호실 안 데려가세요."

"아, 맞다."

한태국을 일으키려 한다.

"업으셔야죠. 다쳤을지도 모르는데."

"아!"

헐레벌떡 업지만.

한태국의 울음은 고통이 가심과 함께 뚝 그쳤다.

이 계통의 고통이 원래 당할 때는 죽을 것 같은데 일정 시점이 지나면 썰물처럼 사라진다.

자기도 이상한지 갸웃대는 걸 본 나는 양호실로 달리려는 선생님을 말렸다.

"다 나았나 봐요. 이제 안 울어요."

"뭐?"

"이제 물어보세요. 자기가 넘어졌는지 싸웠는지."

"……."

실제 자기가 봐도 너무 말똥말똥한지라 선생님은 한태국을 내려놓았다.

집요한 건지 멍청한 건지 또 싸운 여부를 물으려 하길래 곁으로 가 녀석의 엉덩이에 묻은 흙을 털어 주며 말했다.

"그러게 안 된다고 했잖아. 다친다고. 왜 그렇게 말을 안 들어. 사람들 다 쳐다보고 창피하지 않아?"

"어, 으으응."

자기도 주변에 몰려든 애들을 보았는지 고개를 푹 숙인다.

"또 그럴 거야?"

"……아니."

"너 힘센 거 알아. 우리 반에서 제일 세잖아. 굳이 보여 주지 않아도 돼. 알았어?"

"……알았어."

끝.

"선생님."

"어."

"우리 가도 되죠? 수돗가에서 좀 씻으려는데."

"그, 그래."

허락도 떨어졌고.

나는 녀석의 팔을 끌었다.

"가자. 가서 좀 씻자."

"알……았어."

가방도 대신 들어 준 나는 녀석을 씻기고 같이 문방구로 갔다.

채찍을 때렸으니 당근을 줄 차례다.

문방구에서 제일 큰 로봇으로 집었다. 집고 보니 태권V.

"너 또 덤빌 거야?"

"아니."

"자."

"응?"

고분고분 따라오긴 했는데 갑자기 큰 선물을 안겨 주자 눈
이 휘둥그레졌다.

"이거 줄게."

"이거를?"

"화해하자는 의미야. 때린 거도 미안하고. 내가 끝까지 참
았어야 했는데. 어쨌든 미안하다. 이거 받고 용서해 줄래? 용
서할 거면 받고."

"……."

"싫어?"

주려던 걸 도로 빼앗으려 했다.

놀라서 얼른 잡는다.

"용서해 줄게. 아니, 이젠 너랑은 절대 안 싸울 거야."

"정말이지?"

"응."

"그럼 가져. 이제 네 꺼야."

"아아아아~."

진짜 갖고 싶었는지 한 아름 되는 걸 품에 안고 녹는다. 녹아.

"이제 집에 가자. 나 아주 바쁘거든."

"어, 그래."

"아참, 엄마가 어디서 난 거냐고 물어보면 우리 집으로 전화해. 할머니한테 말해 둘게. 너한테 선물해 줬다고."

전화번호도 하나 줬다.

그냥 보내면 얘는 또 자기 엄마한테 혼날 것이다. 어디에서 훔쳤냐고.

"고, 고마워."

"아니야. 앞으로 사이좋게 지내자. 알았지?"

"알았어. 절대로 안 싸울게."

아주 울다 웃다가 잘 까불고.

귀여웠다.

"그래, 내일 보자."

"잘 가. 대운아."

"그래, 너도."

한태국이를 보내자 어디선가 지켜보고 있었던지 옆구리에 신문을 하나 낀 강희철이 나타났다.

"저 아이는 저번에 그 아이 같은데. 선물 공세로 마음을 돌리려는 겁니까?"

"예?"

"아닙니다."

싸움까진 못 본 모양이다.

"사이좋게 지내야죠. 얼마나 좋아요."

"그렇긴 하군요. 이제 가실까요?"

"예."

오늘은 바쁜 날이었다.

이따 오후에 조용길과 위대한 탄생을 만나 6집 제작과 관
련한 미팅을 가져야 하고 밥도 먹어야 하고 아무튼 서둘러야
했다.

그러나 몇 발짝 걸었을까.

강희철이 대뜸 끼고 있던 신문을 나에게 전해 주었다.

뭐지? 하고 보는데.

"저번에 부탁하신 건입니다."

부탁이라면 태지나?

그런데 왜 신문을 줄까.

쳐다보니 그냥 보란다.

봤다.

우선 신문 색이 바랬다. 꽤 묵힌 신문같이. 그리고 한 장이다.

어디 보자. 날짜가.

1975년 1월 29일자 동향신문.

펼쳤더니 태지나가 나온다.

순간 걸음을 멈추고 말았다.

기자를 앞에 두고 담배를 집은 그의 사진이 대문짝만하게 걸려 있었다. 내용도 라디오국에서 들은 얘기와 같았다.

풍문이나 거짓이 아니었다.

"80년에 이민 갔더군요. 이후 행적은 조사하지 않았습니다만 상대가 어머니뻘 여자더군요. 카바레에서 시작해 20여 차례 만났습니다. 건설사 사장의 집안은 해체됐고요. 그 사장은 국민께 물의를 일으켜 죄송하다는 말을 남기고 사직했습니다. 그 딸은……."

"후우……."

"당시 이 사람에게 돈 먹은 PD만 50명이 넘었습니다. 그런데 징계받은 PD는 한 명도 없었습니다. 방송사 출연 금지가 올해 풀렸더군요."

제일 먼저 든 생각이 로비를 잘하나 보다였다.

75년도에 벌써 50명이 넘는 PD들과 인맥을 형성할 정도라면…… 이 정도 숫자는 아직 우리 오필승도 못 만들었다.

그의 승승장구가 꼭 히트곡 때문만은 아닐 것 같다는 예감이 들었다.

'어떻게 이런 사람이 레전드로 행세할 수 있지? 떵떵거리고 말이야.'

한 번 틀어지니 다른 기억도 떠올랐다.

도박 혐의로 기자 회견한 적 있었다. 그때 논란은 방송사

인터뷰와 실질 기자회견의 내용이 달랐다는 건데. VIP룸인지 모르고 들어갔다나 뭐라나.

이도 금세 묻혔다.

라디오국에서 차가운 표정으로 돌아서던 모습이 오버랩됐다.

정보가 합쳐지자 그가 점점 보이기 시작했다. 호의가 순식간에 찌그러든다.

부글부글

이민까지 갔으면 거기서 잘 살지. 아니구나. 토크 쇼에 나와 세탁소니 뭐니 힘들었던 얘기를 자랑스럽게 꺼냈던 것도 기억났다. 실실 웃으면서.

너무 이상했다.

이 정도 접근한 것만으로도 나는 보이는데 주변은 몰랐나? 뭔가 진즉 사달이 났어도 한참 전에 났어야 할 인성인데 그는 내가 회귀할 때까지도 잘 지냈다. 하물며 음주 운전 한 번에도 다른 연예인들은 나오는 프로그램 모두 하차, 아주 긴 자숙 시간을 가져야 하는데 말이다. 나와서도 한참을 욕먹고.

아닌가? 잘 감춘 건가?

모르겠다. 모르겠는데.

그래도 한 가지는 확실해졌다.

이젠 내가 그가 레전드 되는 꼴은 못 보겠다.

'가만 보자. 이 사람 히트곡이…….'

ſ

Chapter 39

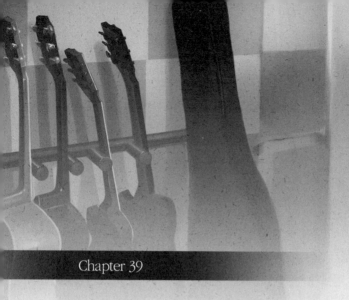

Chapter 39

이 일에서 내가 제일 먼저 집중해 들어간 건 그가 아닌, 내가 가진 분노의 본질이었다.

단순히 사회 정의감에서 출발하는 건지 아님, 대중을 기만한 데서 오는 배신감인지 그것도 아님 나 혼자만의 춤사위인지.

그는 스타였다. '옥경이'의 성공이래 30년간 메이저의 길을 걸었으며 사회적 명성도 그 못지않게 높았다.

트로트계의 레전드로서 쇼 프로그램에 출연하였고 그가 내뱉는 말을 진실이라 믿는 사람들이 아주 많았다. 그의 노래를 즐겨 불렀으며 고약한 악플이 달릴 때도 다들 왜 저러나 하며 그를 옹호했다.

그러나 드러난 악행은 굳이 2020년의 도덕성을 들먹이지 않더라도 퇴출당하여야 마땅했다.

사회 정의든 배신감이든 나는 그가 성공하는 게 보기 싫어졌고 일단은 그것만 보기로 했다.

'옥경이가 89년이었지?'

지금은 84년이다.

방송 제재가 풀리자마자 앨범을 들고 와 인사하고 다닐 정도라면, 또 이 정도의 인성이라면, 89년 성공까지 계속 들고 올 게 뻔했다. 미국에서 버는 족족 앨범에 투자할 테고.

그래서 일단 놔두기로 했다.

돈은 돈대로 쓰게 하고 그가 가질 성공만 빼앗겠다.

'89년 옥경이, 90년 거울도 안 보는 여자, 91년 미안 미안해, 93년은 사랑은 토요일 밤에는…… 별로 히트 치지 못했고 다른 곡들이…… 어디 보자. 노란 손수건은 좀 낮고, 최대 히트곡인 사랑은 아무나 하나가 있구나. 바보도 있고 동반자도 있어.'

나머진 잔잔바리.

방금 읊은 곡만 끊어도 그가 일어설 확률은 거의 없었다.

잠깐 생각하는 사이에도 강희철의 보고는 계속 이어지고 있었다.

"그 건설사 사장은 현재 칩거 중이며 외부와의 접촉은 일절 하지 않고 있습니다."

"……."

"그가 물러나며 다음 대 사장으로 오른 이가 부사장인 이명반 씨인데……."

"예?"

"예?"

"지금 누가 다음 대 사장으로 올랐다고요?"

"이명반 씨입니다."

"호오, 그래요?"

순간 머릿속으로 어떤 그림이 그려졌다.

'이게 이렇게도 되는 건가?'

미꾸라지 한 마리가 일으킨 피바람에 나라의 운명이 바뀐 모양.

물론 부사장이라는 직책은 언제든 사장에 오를 수 있는 자리였다.

하지만 그 사장이 건재했다면, 그가 5년 혹은 10년만 더 활동했다면 대한민국은 어땠을까?

"점점 재밌어지네."

"예?"

"아니에요. 혹시 더 있나요?"

"아닙니다. 여기까지입니다."

"알았어요. 고마워요."

"아닙니다."

이쯤 되니 태지나와 아삼류이던 송대간도 눈에 거슬렸다.

그는 도박험의 외 딱히 잘못한 게 기억나지 않았지만, 그의 처가 벌인 짓도 그렇고 그의 처형이 아들과 짜고 아나운서 하나의 인생을 골로 보낸 걸 보면 그 집안도 태지나와 별다를 게 없어 보였다.

그러고 보니 그들 주위엔 후배 가수들도 붙어 있지 않았다. 무엇보다 그가 미국에서 태지나를 챙겼다는 게 제일 싫었다.

'짜증나네. 이놈이나 저놈이나.'

집에 도착해서도 밥을 먹는 둥 마는 둥 고민이 됐다.

그러다 또 분노가 치솟았다.

이딴 자식들 때문에 중요한 조용길 6집을 외면 중이라니.

떠올리는 것만으로 뇌가 녹아 버릴 것 같아 어쩔 수 없이 끊었다.

일단 일부터 하자.

두 사람에 대해서는 천천히 생각해도 된다.

지금 중요한 사람은 조용길이다.

"어! 왔어. 지금 다들 모여 있어."

"그래요? 제가 좀 늦었어요."

"아니야. 우리가 먼저 온 거지. 다들 설레서 기다리고 있어. 자, 가자."

"헤헤헤, 너무 기대하시면 부담스러운데. 지난번과 별로 달라진 게 없어요."

"무슨 소리야. 그만한 곡을 이제 부를 수 있게 된 거잖아. 무척 기대하고 있어."

"그래요? 고맙습니다."

"고맙긴. 내가 훨씬 더 고맙지."

마중 온 조용길과 함께 녹음실로 향했다.

위대한 탄생이 언제나 그러고 있을 것이라는 듯 자기 자리에서 기다리고 있었다.

나도 모처럼 벅찼다.

오늘 내가 가져온 곡 대부분은 대구 칠성동의 골방에서 조용길과 처음 만난 날 불렀던 것이었다.

고작 1년 전 일인데.

아주 먼 추억처럼 여겨졌다. 옛사랑처럼 아득하게.

테이프를 틀었다.

"1번은 '어제 오늘 그리고'예요."

피아노 연주와 함께 '기적 소리처럼 멀리 흩어져 간 사랑아…… 우린 이 순간도 멀어지고 있구나…….'란 노랫말이 내 음색을 타고 흘렀다.

2번에 들어서는 '그대여'가 나왔고 3번에는 '미지의 세계'가 뒤를 받쳤다. 4번은 '여행을 떠나요'였다. 5번은 유일한 트로트인 '허공'이고 6번은 스타일리쉬한 '킬리만자로의 표범', 7번은 엄마들이 녹는 '그 겨울의 찻집', 8번은 주부 가요열창의 꽃 '상처', 9번 '바람이 전하는 말'까지 물 흐르듯 지나갔다.

이 곡들은 본디 조용길 7집과 8집에 수록된 곡이었다.

조용길은 1980년 1집 발표 후 1년에 한 장이라는 룰을 가지고 있었는데 1985년에는 이 룰을 깨고 두 장의 앨범을 발표하게 된다.

이는 7집이 너무 청년층을 겨냥한 게 아니냐는 의견이 많아서였는데 이때만 해도 특정 타겟층만 노리는 전략은 잘 쓰지 않았던 터라 부랴부랴 그해 겨울 장년층을 위한 8집을 내게 된다. 안 그러면 1년을 기다려야 했으니까.

전반 네 곡과 후반 다섯 곡의 분위기가 다른 건 그래서였다. 트로트인 '허공'이 포함된 것도 그렇고.

"어! 아홉 곡이네."

"맞아. 아홉 곡밖에 없어."

"왜 그런 거지?"

다들 나를 봤다.

맞다. 일부러 뺐다. 한 곡 정도야 어디서든 더 가져올 수 있었으나 왜냐고 묻는다면 조용길의 앨범이라서 라고 밖에 답할 게 없었다.

"아무래도 조용길 6집인데 용길이 아저씨 곡도 한 곡은 들어가 있는 게 좋을 것 같아서요."

"으음……."

"그러네. 그게 좋겠네."

"맞아. 여태 한 번도 곡 작업에 빠진 적 없었잖아. 아무리

안식년이라도 한 곡도 없는 건 좀 그렇지. 안 그래?"

"그런가?"

조용길도 내심 그게 마음에 들었는지 고개를 끄덕였다.

"한 곡만 주세요. 아저씨 곡으로 마지막 퍼즐을 끼워야 앨범이 완성될 것 같아요."

"그거 말 되네. 마지막 퍼즐. 용길아, 어서 줘. 딱 좋다."

이호진까지 끼어들어 흥분하자 조용길도 슬쩍 자기가 써 놓은 곡을 꺼내 놓았다.

들어 보니 '정의 마음'이었다.

원래 6집의 타이틀곡으로 '눈물의 파티'와 함께 정점을 찍을 곡이니 구색도 좋았다.

하지만 조용길은 좀 주저했다.

"왜 그래? 딱 맞춰 졌는데."

"아니, 그게……."

"왜? 다른 곡에 비해 떨어져 보여서?"

"……맞아."

"에이, 그건 좀 아니다. 네가 뛰어나긴 해도 대운이랑 비교하면 안 되지. 쟤는 외계인이야. 너는 그냥 너 할 것만 해."

"그런가?"

"대신 넌 노래를 잘하잖아. 후배 중에 네 앞에서 노래 부르고 싶은 애들이 없을걸. 이만큼 사랑받는 것도 그렇고. 그렇게 보면 너도 외계인에 가깝지."

"······알았어. 이거로 하자."

물론 합의가 끝났다 해도 문제가 사라지는 건 아니었다.

곡 선정은 다 끝났어도 가장 중요한 문제가 남았다.

"그나저나 타이틀은 뭐로 정해야 해?"

"······."

"······."

"······."

"······."

"······."

타이틀이 남았다.

그 순간 다들 머리를 부여잡았다.

얼핏 봐도 타이틀 감만 다섯 곡이 넘는다.

심각한 표정으로 자기 목을 비트는 조용길과 위대한 탄생을 두고 나는 슬쩍 빠져나왔다. 더 있다간 공격받을 테니.

페이트 앨범이야 음반 판매와 곡 선점이 목적이라지만 조용길의 앨범은 직접 공연을 해야 하므로 타이틀이 아주 중요했다. 콘서트가 아닌 이상 방송과 라디오는 한 곡만 가능하니까. 어떤 곡으로 활동할지에 따라 인기가 달라졌으니 대충해선 안 될 포인트였다.

괜히 얼쩡대다 잡히는 순간 무슨 꼴을 당할지 몰라 서둘러 도망쳐 나온 나는 나온 김에 2층으로 가 김연을 찾았다.

김현신의 일정이 어떻게 되나 알아보기 위해서였다.

"일주일 안에 발매 가능할 것 같습니다. 지군레코드와 녹음 일정도 잡았고요."

"그래요?"

"홍보는 전과 동일하게 할 생각입니다. 수와 준의 전담 매니저도 이번에 채용할 생각이고요."

말 몇 마디에 김연의 의도가 읽혔다.

"앨범 낼 때마다 전담 매니저를 채용할 생각이시군요."

"예, 처음은 무조건 제가 갈 생각입니다."

앨범 준비하는 신인이 아직도 넷이나 더 있었다.

즉 네 번을 더 찾아가 만나겠다는 것.

그만큼 친분이 두터워지겠지.

라디오국에는 아는 사람도 있는데 말이다.

"좋네요. 혜린이 누나는 어때요?"

이번에 계약한 장혜린이었다.

"요즘 자신감이 부쩍 늘었습니다. 지시대로 상황을 설정해서 대응하는 훈련시키는 중입니다. 초반 어색해하던 것도 거의 없어졌습니다. 웃음도 늘었고요."

"잘됐네요. 완전히 체화되게 해 주세요. 이참에 매력을 키워줄 수업도 있으면 진행해 주시고요."

"매력 수업이요?"

"댄스도 배우고 보컬도 더 배우고 곡 쓰는 연습도 해 봐야죠. 개인기 같은 것도 장착하면 좋겠죠. 여기에서 하나 더 한다면 영어나 일어 외국어 공부도 좋고요."

"그렇게나……요?"

입을 떡 벌린다.

놀란다지만 내가 말한 건 훗날 아이돌 연습생 수업의 기본
틀이나 마찬가지였다. 이외에도 식단에 체형 관리에 인성 교
육에 대화하는 법까지 전부 가르쳐야 했다.

이참에 먼저 시작해 보는 것도 좋겠지.

"재능만으로 밀어붙이는 건 한계가 있어요. 시스템에 의해
철저히 교육시켜야 경쟁에서 살아남을 테니까요."

"으음, 전혀 생각지 못한 부분입니다. 그럼 전문 댄스팀을
끌어들인 건 이 때문이십니까?"

"맞아요. 그들에게도 도움될 테고 우리도 도움되죠. 연예
인이란 이미지는 그 본질이 종잇장과 같아서 한순간에 찢어
질 수 있거든요. 애써 키운 보석을 그렇게 잃을 수는 없잖아
요. 가수가 노래를 잘하는 건 기본이지만 노래만 잘해서는 안
돼요. 여러 가지를 배우고 경험하게 해 주세요. 예를 들어, 항
공사에 요청해서 예의범절 강사를 초빙해 온다든지요."

"아……."

"한꺼번에 완벽히 가자는 말씀이 아니에요. 차근차근 노하
우를 쌓자는 거죠. 인재 육성은 비단 대기업만의 고민 사항은
아니잖아요."

"무슨 말씀인지 알겠습니다. 그러고 보니 상당히 중요한

문제이기도 하겠군요. 이게 다 살아남는 방법일 테니."

"맞아요. 오필승만의 인재 육성 시스템을 만들어 주세요."

"명심하고 고민해 보겠습니다."

오케이.

김연이 하겠다 하였으니 빵이든 케익이든 만들어서 올 것이다. 나는 나중에 슈가 파우더를 뿌릴 건지 메이플 시럽을 얹을 건지만 결정하면 된다.

'이 일은 됐고⋯⋯.'

다시 5층으로 올라갔다.

이학주 곁에 앉아 신문을 보는 정홍식에게 갔다.

내가 스윽 다가오자 왜 그러냐는 듯 몸을 피하는 정홍식에게 더 가까이 붙었다.

"왜, 왜 그래?"

"아직도 재는 거예요?"

"내가 뭘?"

"합류해요."

"그건⋯⋯."

"몇 달째 찾아오는 손님도 없잖아요. 그 실력을 이렇게 썩히실 거예요?"

"아니, 그게⋯⋯ 오필승에서도 딱히 할 일이 없잖아."

곡 사 온 것 외 할 일이 없긴 했다.

"오필승에만 할 일이 없지. 제 일은 많아요."

"일? 혹시 또 특허가 있어?"

반색한다.

"있죠. 그것도 있고 미국에 가서 해 주실 일도 많아요."

"정말? 뭔데?"

"합류할 거예요?"

"쿠쿠쿡."

옆에서 이학주가 웃는다.

"아이, 형님은 왜 웃으세요?"

"거봐. 자식아. 버텨 봤자 소용없다고 했잖아. 대운이 말한 방에 벌써 허리가 당겨지면서 비싸게 굴기는."

"제가 언제 비싸게 굴었다고 그래요."

"찾아오기만을 기다렸잖아. 지가 무슨 제갈량이라고."

"형님!"

"시끄러. 자식아. 대운아, 이놈이 안 한다 그래도 걱정 마라. 내 주위에 손만 내밀면 하겠다는 놈 천지다."

"그래요?"

"대운아! 너까지 그러면 안 되지."

"그러니까 합류할 거예요? 말 거예요?"

"할게. 하면 되잖아. 한다고. 나 한다고 말했다. 알았어?!"

"그럼 됐고요. 빠른 시일 내로 미국으로 가 주세요. 내일 만들어 놓은 자료 드릴게요."

도로 색깔유도선 개념도와 신호등 카운터의 이해는 진즉

준비해 놨다.

물론 이 두 가지는 한국에도 내야 했다. 일본도 내고 유럽에도 내야 했다. 이것 외 정홍식은 다른 일도 해야 했다. 나가면 최소 한 달은 못 들어오는 프로젝트를 말이다.

"The Holies란 팀에 있던 알버트 하몬드라는 싱어송라이터를 찾아 주세요. 1972년도에 The Air That I Breath란 곡을 발표했는데 그 곡이 필요해요."

The Air That I Breath는 라디오 헤드의 세계구급 초대박 히트곡인 Creep의 원곡이라 할 수 있었다.

지분이 한 40% 정도 되는 것 같던데 아무튼.

Creep이 세계적 명성을 얻고 있을 때 알버트 하몬드는 Creep이 가진 멜로디 라인과 코드 진행이 자신의 곡과 매우 유사한 걸 발견하곤 표절 시비를 걸었다.

자칫 큰 문제로 번질 수 있을 사안이었는데 이를 또 Creep의 작곡가인 톰 요크가 깔끔하게 인정하면서 마무리되었다. 자기 입으로 참고했다며 시인했고 저작권도 나누었는데 어쨌든 거기까지 갈 필요 없이 내가 가지면 된다.

"The Holies, 1972년도, The Air That I Breath, 알버트 하몬드?"

"예."

"오케이. 이 정도 정보면 찾기 쉽지. 더 없어?"

"왜 없어요. 있죠."

"뭔데?"

"마이클 볼트 있죠?"

"마이클 볼트라면? 그 작곡가?"

"예, 그 사람 좀 한국으로 불러 줄 수 있으세요?"

"그 작곡가를? 왜?"

"페이트 3집 녹음 때문에라고 하면 안 될까요?"

"녹음 때문이라면…… 뭐 어렵지 않을 것 같은데."

"말이나 건네주세요. 싫다면 말고요."

기회를 앗아가 버린 것에 대한 내 조그만 성의다.

어떻게든 관련시켜 놓으면 좀 나으려나 싶어서.

그랬다.

그저 조그만 성의였다.

"알았어. 이제 끝?"

"당연히 아니죠."

"또 뭔데?"

"송대간 아시죠?"

"송대간?"

갸웃한다.

"해뜰날이요."

"아! 아아, 그 양반."

"미국 가시거든 그 사람 한 번 만나 주세요."

"그 사람은 왜? 아니, 그 사람이 미국에 있었어? 어쩐지 요새 안 보인다 했다."

송대간에게도 도움되는 일이었다.

'해뜰날'은 나도 어렸을 때 동네 골목에서 부르고 다닌 기억이 있었다. '쨍하고 해뜰날' 하며 좁디좁은 골목을 더 좁다하며 뛰어다녔는데.

즉 송대간의 삶은 '해뜰날' 이전과 이후로 나뉘었다.

판자촌 한편에서 겨우 몸을 뉘던 신세가 이 한 곡으로 단번에 돈방석에 앉아 부자 대열로 합류하였고 또 겨우 몇 년 만에 돌연 미국행을 택하게 된 건 개인적인 사정이 있었겠지만, 결코 명예스러운 일은 아닐 것이다.

재밌는 건 이 '해뜰날'이 표절 당했다는 점이었다. 그것도 미국 가수에게, 그 곡이 빌보드 1위를 6주나 차지할 만큼 엄청난 인기를 끌었다는 것.

J. Geils라는 밴드가 81년에 낸 앨범 Freeze Flame의 수록곡에서 'Centerfold'란 곡이 있는데 이게 들어 보면 영락없이 '해뜰날'이었다.

송대간도 이 사실을 알았다. 이때는 표절 시비가 드물었고 배도 부른 데다 또 외국에서 표절한 거라 웃어넘겼다는 후문이 있었지만.

그때와 지금은 상황이 달랐다. 배고팠고 한창 눈칫밥에 고생 문턱을 넘나드는 송대간이라면 내가 내민 손을 반드시 잡을 것이다.

"가서 소송해 주겠다고 하세요."

"소송? 으음, 권리야 찾는 게 맞는다지만 우리가 그렇게까지 챙겨 줄 이유 있어?"

있었다.

내가 그의 앞길을 막을 참이니까.

다만 현재로선 큰 물의를 일으킨 것이 아니라 다소 애매했는데 애써 찾은 합의점이 이것이었다. 대리 소송해 주고 땡.

비록 그가 작곡한 곡이 아닐지라도 소송에서 승리한다면 그의 명성은 덩달아 오를 것이고 반사 효과 또한 클 것이다.

그것만도 보상은 충분할 테니.

"하겠다면 해 주시고 거부하면 놔두세요."

그로선 괜히 태지나와 같이 있다가 도매금으로 몰린 게 억울할 테지만 본래 엄한 놈 곁에 있다가 불똥 튀는 거다. 그러게 누가 태지나를 챙겨 주랬나?

이것으로 이 사람들에 관한 건 끝낼 생각이었다.

더 시간 끌기도 싫고 더 떠올리기도 싫고.

바로 다음으로 넘어갔다.

"마지막으로 미국에 투자 회사를 하나 세워 주세요."

"투자 회사?"

"곰곰이 생각해 보니까 미국에서 할 일이 꽤 많더라고요. 그중 가장 활용도가 높은 게 투자 회사라서요."

"너 또 뭔가 꾸미고 있구나."

눈을 흘긴다.

"당장은 아니에요. 믿고 맡길 사람이 있으면 좋겠는데. 가능하시겠어요?"

"친분 있는 사람은 어느 정도 만들어 놨긴 했는데 찾아봐야지. 사업은 다르니까. 자본금은?"

"5억이요."

페이트 창작료에서 10억을 미리 땡겼다.

"아이고야, 이거 제대로 된 사람을 찾아야겠구나. 거긴 몇백 달러에도 사람 죽여 주겠다는 놈들 천지다."

"부탁드려요."

"아무래도 네 지시에 잘 따라 줄 사람이어야겠지?"

"그러면 좋긴 한데 몇 년만 그렇게 하고 어느 정도는 풀어줄 생각이에요."

"으음, 자리 잡을 때까지만 잡겠다는 거지?"

"예."

"알았다. 나도 준비해서 나가 볼게. 일단 일본부터 가야겠네. 특허는 저번에 쓴 애들 써도 되지?"

"그럼요. 섭섭지 않게 챙겨 드릴게요."

"오케이."

사실 나는 일을 이렇게까지 크게 벌일 생각은 없었다.

우여곡절 끝에 어쨌든 설립한 J&K는 시간이 지날수록 사세가 확장될 거고 오필승 엔터테인먼트도 한국을 장악하는 건 시간문제였다.

가만히 떨어지는 꿀만 빨아도 다 먹지 못할 판인데 뭐 하러 복잡하게 살까? 조용히 숨죽이고 이름 없는 부자로 살면 이번 생은 거의 라라라일 텐데.

'젠장, 세금이 너무 세.'

죽을 둥 살 둥 돈을 벌면 뭐하나. 세금으로 한 번 훑으면 휑~ 해지는데.

이 암담함은 겪어 보지 않으면 절대 모른다.

로또 당첨에 당연스레 깎여 나가는 22%는 거의 어린애 장난이었다.

앞으로 목돈이 반기별로 들어올 참인데 족족 내가 들고 있다간 뭉텅이로 날아갈 판이라 어쩔 수 없었다. 참고로 이 시대 서민들 한 달 생활비가 겨우 10만 원 남짓이다. 나는 세금으로만 십억 단위를 내야 한다.

간땡이가 부어 몇천짜리 아파트도 사고 난리를 피워 댔다지만 내 간은 아직 그 돈을 시원스럽게 투척할 정도는 아니었다.

투자도 아니고 생돈을 내라니. 전생에서는 한 번도 만져 보지 못한 거대한 돈을 말이다.

재벌들이 온갖 수단을 다 동원해 절세든 뭐든 다 하는 이유였다.

'이참에 미술관이나 하나 세울까?'

무역 회사를 세워 볼까나? 부동산 전문 회사는 어떨까? IT

쪽은 아직 무리겠지? 머리를 굴리기 시작하다 도착한 곳이 결국 투자 회사였다.

놔두면 어차피 세금으로 나갈 돈, 이리저리 굴리는 게 좋겠다 싶었고 나도 이젠 적당히 멈출 수가 없었다.

"이번 미국행에서 가장 중요한 건 DG 인베스트예요."

다음 날 정홍식과 다시 만난 나는 특허 관련 서류와 함께 델라웨어주에 법인 등기를 하라고 조언하였다.

델라웨어주는 뉴저지 바로 밑에 붙은 반도 형태의 조그만 주인데 이곳은 파나마 같은 조세회피처에 갈 필요가 없을 만큼 기업 위주의 행정처리를 해 줬다.

영세한 법인들의 천국.

주 법인세 8.7%에 그것도 델라웨어주 내에서 사업하지 않으면 부가하지 않고 저작권 같은 수입에는 세금이 아예 없었다.

이런 곳을 두고 어떻게 다른 곳에 법인 등기를 낼까.

'무엇 하나 내세울 것 하나 없는 조그만 주의 생존 전략치곤 아주 강렬하지.'

그런즉슨 법인 등기 대행업체도 많아 전화 몇 통과 서류 몇 장으로 법인 등기가 가능한 곳이다.

정홍식도 옳다쿠나! 따로 알아보겠다고 했다.

"잘 좀 부탁해요. DG 인베스트가 자리 잡느냐 못 잡느냐로 향후 몇십 년이 좌우될 테니까요."

"알았어. 그만큼 중요하다는 거지?"

"예."

"제대로 세울게. 변호사 고용해서."

"법인 세우면서 아저씨 이름도 넣으세요. 창립 멤버니까 아저씨랑 이번에 뽑을 사람들에게도 스톡옵션 1%를 약속할 게요. 이것만 해도 일생에서 돈 걱정은 사라질 거예요."

"그래? 그렇다면 나도 최선을 다해야지. 좋은 놈들로만 뽑 아 볼게."

"좋은 성과 기대할게요."

"오케이, 나만 믿어."

주먹으로 파이팅을 외친 정홍식은 미국으로 떠났다.

그리고 나의 학교, 회사, 집을 오가는 삶은 변화 없이 이어 졌다. 쳇바퀴처럼 제자리에서 돌돌돌.

아니구나.

한 가지 달라지긴 했다.

한태국이 더 이상 내게 함부로 굴지 않는다는 것이었다. 싸움에서도 안 되고 배포에서도 밀린다는 걸 깨달은…… 공 부는 진즉 상대가 안 됐고 뭘 해도 어떻게 해도 이길 수 없다 는 걸 알았는지 도리어 옆으로 붙으려 했다.

쉬는 시간만 되면 괜히 와서 기웃대고 말 한 번 붙이려고 어찌나 알랑방구를 끼는지.

"왜?"

"아니, 아니야."

얌전해진 녀석의 행동에 반 아이들은 무척 놀라워했다.

덕분에 나의 카리스마는 더욱 승천했고 나는 본의 아니게 1학년 2반의 짱, 캡으로서 공식 등극하였다.

감사합니다. 이 영광을 저를 전폭적으로 지지해 주신 연태자 선생님께 돌리며 앞으로 슬기롭고 활기찬 1학년 2반이 되기 위해 최선의 노력을 다하겠습니다. 감사합니다. 여러분 모두 사랑합니다.

기념으로 빵과 우유를 돌렸다.

그러던 어느 날 조금 친해졌다고 생각했는지 한태국이 옆으로 와 앉았다.

"저기 대운아."

"어."

"나 쌈 좀 가르쳐 줄 수 있어?"

"싸움?"

웬 싸움?

"응, 아무리 떠올려도 기억이 안 나. 뭐가 움직였다 했는데 옆구리가 아프면서 숨을 못 쉬었어. 그때 정말 죽는 줄 알았거든. 그런 건 어떻게 하는 거야?"

며칠을 맴돌더니.

'결국 싸움을 잘하고 싶다라.'

혹시나 해서 몇 가지 물어보았다.

이러쿵저러쿵 삶의 가치관부터 집안 사정까지 다 튀어나

오는데.

놀라운 점은 요 맹랑한 녀석의 피지컬이 우연히 튀어나온 게 아니란 것이었다.

아버지가 유도로 유명한 용인대의 유도학과 교수였고 어머니는 국가대표 농구 선수 출신이다.

우리 때는 구경만 했던 유치원도 다녀봤고 또 거기에서 자기가 남다른 걸 깨달았다나 뭐라나.

아버지에게 몇 수 배운 가락이 있어 유도도 할 줄 알았다. 대부분 그걸 사용할 새도 없이 싸움이 끝나 버린 터라 사용할 기회가 없었는데 그러나 나에게는 이길 자신이 없다는 걸 장장 10분간 떠들어 댔다.

"이야~ 태국이 너 대단하구나."

"엉?"

"나중에 훌륭한 유도 선수가 되겠어."

"정말?"

"열심히 해 봐. 유연성만 더 기르면 당할 자가 없겠지."

"그럼 나랑 대련해 줘. 나랑 대련하자. 응?"

"갑자기?"

"사실은 아빠한테 말했어. 졌다고. 아빠가 너 한 번 보재."

"뭐야?! 아빠보고 때려 달라고 부탁한 거야?"

"아니야! 너한테 지고 태권V 받았다니까 아빠가 엄청 웃었어. 맛있는 거 해 주겠다고 너 꼭 데려오랬어."

"그래?"

"가자~ 우리 아빠 요리 잘해."

"응? 엄마가 아니고?"

"우리 엄마 요리는 좀…… 맛없어. 그래도 오늘 가자~. 토요일이니까 일찍 끝나잖아. 응? 응?"

토요일이 아니더라도 1학년은 원래 오전 수업이다.

아닌가? 엄마 아빠가 일찍 끝난다는 소린가?

이때는 학교 내에서도 오전반 오후반이 있었다. 2학년부터이긴 한데 외부적으로는 학생들이 너무 많아 수업의 효율이 좋지 않아 나눈다고 하였다지만, 진실은 우열반.

'어디 보자. 오늘 스케줄이……'

딱히 없었다.

김현신 앨범도 어제 녹음을 마쳤고 주말 내도록 공장을 돌리면 월요일부터 홍보할 수 있었다.

김연도 있고.

솔직히 쏠리긴 했다.

운동을 좋아하는 사람으로서 대한민국 유도의 정점을 경험해 보는 건 바라마지 않는 것이니까.

"알았어. 가자."

"좋았어! 하하하하, 끝나자마자 가자. 알았지?"

"그래."

신나서 자기 자기에 돌아가는 녀석을 보고 있는데 최연주가 내 팔을 콕콕 찌른다.

"으응? 왜?"

"……나도 가면 안 돼?"

얘는 또 왜?

"한태국에게 물어봐. 쟤네 집이잖아."

"네가 물어봐 주면 안 돼?"

"왜?"

"……."

말은 않고 노려보기만 한다.

아우, 저 눈빛.

왜 여자들은 말이 막히면 저런 눈빛을 던질까.

어쩔 수 없이 난 한태국에게 가서 물었고 최연주의 방문도
허락받았다.

◇ ◆ ◇

"박 군아, 늦겠다. 빨랑 가자."

"예, 사장님."

"앨범은 챙겼지?"

"예."

"페이트 앨범도 그렇고 오필승이 제작한 초판은 앞으로도
다 가져다주는 거다. 오필승을 날 대하듯 해야 해. 무슨 말인

지 알지?"

"예, 사장님. 명심하겠습니다."

김현신 1집 앨범 초판을 가져다줄 겸 앞으로 나올 앨범의
시기도 상의할 겸 곧 시작될 조용길 6집의 향방도 살필 겸 지
군레코드 사장은 김연과 약속을 잡았다. 총괄인 내가 학교 다
니는 관계로.

차량은 다리를 건너고 건물들이 막 들어서기 시작한 여의
도 땅 한복판을 지났다. 그러다 한눈에도 눈에 띄는 건물로
핸들을 서서히 돌렸다.

그때 운전하던 박만호가 깜짝 놀라 차를 멈췄다.

"사장님……."

"왜?"

"일이 생긴 모양인데요."

"뭔데?"

창을 여니 검은색 정장을 차려입은 어깨 몇몇이 입구를 가
로막고 있었다. 그 때문에 카프카로 들어가려던 손님들이 계
속 쫓겨나는 판이다.

"이게 무슨 짓이야!"

순식간에 무슨 일인지 파악한 지군레코드 사장은 차 문을
열고 튀어나갔다.

박만호도 바로 차를 대고 뒤를 따랐다.

"너희들 뭐야?! 뭔데 남의 사업장에서 방해해!"

찌렁찌렁 울리는 그의 목소리에 조금은 앳돼 보이는 어깨가 다가와 그의 앞을 막았다. 얼굴이 험악하고 덩치도 보통이 아니었다.

"어이, 어이, 아저씨! 그만 가소. 아저씨가 나설 일이 아니오."

새파랗게 어린놈이 앞을 막자 눈이 뒤집힌 지군레코드 사장은 어깨의 멱살부터 잡았다.

"너 이 새끼, 어느 동네에서 왔어? 누가 이런 짓을 시켰어?!"

"아니, 이 아저씨가 어디서!"

힘을 쓰려는 순간 박만호가 그의 팔목을 잡았다.

생각보다 강력한 악력에 놀란 어깨는 힘을 줬지만 그래도 꼼짝하지 않자 뿌리치려 했다.

"놔! 이거 안 놔!"

하지만 어찌 된 영문인지 꿈쩍도 하지 않았다.

도리어 더 강한 힘이 들어왔고 팔목이 고통스러웠다.

"어, 어…… 으, 으어어어."

당황한 어린 어깨가 박만호에 눌리자 다른 어깨들이 다가왔다.

"너흰 뭐야!"

"이 새끼들이 죽으려고!"

박만호의 표정도 싸늘하게 바뀌었다.

그의 주먹이 꽉 쥐어지며 일촉즉발의 순간.

뒤에서 큰소리가 울렸다.

"잠깐!"

누가 후다닥 뛰어나왔다.

뛰어나온 남자는 서둘러 박만호에게 허리를 굽혔다.

"안녕하십니까. 형님!"

"……누구?"

"저입니다. 양도수. 옛날 새끼 때 잠깐 인사드린 적 있습니다."

"아아, 너구나. 도수."

"예, 형님. 아니, 이게 어떻게 된 일입니까. 형님께서 여길 다 오시고."

"비켜라. 우리 사장님 들어가셔야 한다."

"아! 그럼 이분이 그분이십니까?"

"그래."

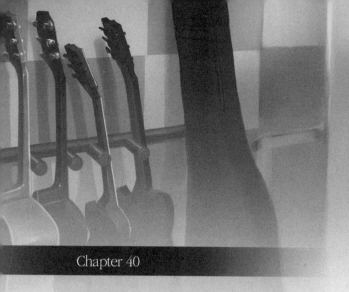

Chapter 40

눈치는 빤했다.

그제야 어깨들도 상대를 잘못 본 걸 깨달았는지 서둘러 뒤로 물러나 공손한 자세를 취했다.

지군레코드 사장은 그들에게 시선도 주지 않고 박만호에게 물었다.

"어디서 생활하는 놈들이냐?"

"영등포 같습니다. 동팔이네 식구 같은데. 이따가 알아보겠습니다."

"들어가자."

"예, 사장님."

길이 열리자 안으로 지군레코드 사장은 성큼 들어갔고 2층으로 바로 올랐다.

내부는 역시나 소란스러웠다.

"이 새끼가, 어른이 말씀하시면 예예하고 들어야지. 조그만 게 어디서 버팅겨. 죽고 싶어! 어디 야산에다 산 채로 묻어 줄까?!"

"좋은 말할 때 원래대로 돌려놔라. 장사를 이렇게 멋대로 하면 안 되지. 누구 맘대로 작곡료를 1억이나 받아 처먹고 지랄이야. 너희 때문에 작곡가가 안 오잖아. 이 손해를 다 어떻게 보상할 거야!"

"이 새끼가 그래도 버티네. 진짜 죽고 싶어!"

"형님, 그냥 끌고 가죠. 이런 새끼는 곤죽으로 처발라야 정신 차립니다."

문이 벌컥 열렸다.

지군레코드 사장 눈에 덩치 다섯에 둘러싸인 김연과 딱 봐도 원흉으로 보이는 자가 들어왔다.

원흉을 알아본 지군레코드 사장은 대뜸 이름부터 불렀다.

"어이, 박진명이 많이 컸네. 감히 내 식구를 건드리고."

"어!"

"요새 딴따라 기획사로 돈 좀 만지더니 세상 무서운 줄 모르나 봐."

"……사장님이 왜 여기에?"

"니가 이 바닥에서 오래 살고 싶지 않구나. 오필승의 전속

이 지군레코드인 거 모르나?"

"예?!"

깜짝 놀란다.

지군레코드 사장의 눈썹이 꿈틀댔다.

"가방모찌(매니저)하던 새끼를 오냐오냐 거들어 줬더니 감히 머리 위까지 기어올라."

"그게 사장님, 이게 어떻게 된 일이냐면……."

박진명이 당황하든 말든 뒤에서 따라 들어오던 양도수는 다급한 표정으로 서둘러 덩치들을 뺐다.

덩치 다섯 명은 달라진 분위기를 직감하고는 조용히 사라졌고 지군레코드 사장은 박진명을 지나쳐 김연 앞에 섰다.

"아이고, 김 실장, 곤욕을 치렀소."

"아닙니다. 이런 놈들 따위에 질 제가 아닙니다."

"그렇지. 내가 김 실장의 강단을 모르오. 그냥 고생했다고 말하는 거요."

"아닙니다. 죄송합니다. 좋지 못한 모습을 보였습니다."

"아니오. 이런 놈들이 언제 예의범절을 따졌소? 내 안 그래도 오필승은 건드리지 말라고 주변에 얘기해 놓긴 했는데 몇몇 놈이 무시한 것 같소."

말하면서 지군레코드 사장은 박진명의 머리통을 톡톡 쳤다.

이놈만이 아닐 거라는 암시였다. 총대를 멘 것뿐일 거라고.

박진명은 반항은 꿈도 못 꾼다는 표정으로 얼어 있었다.

"그렇습니까?"

"오필승이 워낙에 파격적이라야지. 돈줄 쥐고 있던 놈들이 가만히 있겠소? 반발하겠지. 그래서 미리 약 좀 쳐 놨는데 말이오. 해충은 아무리 약을 쳐도 튀어나와."

"해충이라. 딱 맞는 말씀을 하셨네요. 그냥 놔두면 안 되겠어요. 위에 보고하여 대대적으로 청소하든가 해야겠어요."

김연도 알았다.

위에 앉은 총괄이 음악적 능력만 대단한 게 아니라는 걸.

"아하하, 미안한데 그 전에 잠깐 나에게 기회를 주시겠소?"

"사장님이요?"

"장 총괄에게는 잠시만 비밀로 했으면 좋겠는데."

"저는 보고할 의무가 있습니다."

"장 총괄이 움직이면 일이 너무 커져서 그러오. 그러니까 잠시면 되오. 들통나면 날 부르시오. 내가 책임지겠소."

"그렇게까지 말씀하시니…… 좋습니다. 다만 오래는 못 지킵니다. 워낙에 본 사람들이 많아서요."

"체면을 세워 줘서 고맙소."

"그럼 그리 알고 있겠습니다. 마침 주말이라 직원들이 출근하지 않아서 다행이군요. 다른 이사님들도요."

그 말이 끝나자마자 지군레코드 사장은 박진명의 머리통을 세게 후려쳤다.

빡

"으억."

머리를 부여잡은 박진명이 쓰러졌으나 더 차가운 말이 그를 덮쳤다.

"박 군아, 이 새끼 데려와라. 오늘 좀 바쁘겠다."

"예, 사장님."

밖으로 나가자 위압감을 풍기던 어깨들은 싹 사라졌고 양도수만이 남아 두 사람을 기다렸다.

지군레코드 사장은 그를 무시하고 뒷좌석에 올랐고 박진명을 데리고 나오던 박만호는 박진명을 조수석에 앉히고는 양도수에게 갔다.

"동팔이에게 잠자코 대기하라고 전해라. 어떤 처분이 내려질지 모르겠는데 너희가 오늘 큰 실수를 저질렀다."

"예? 그게 무슨 말씀이십니까 형님?"

"여긴 오는 게 아니었어. 우리 사장님도 오필승에서만큼은 기를 못 펴신다."

"아니, 그게 갑자기 무슨 말씀이신지……."

"가서 전해. 허튼짓 말고 대기하라고. 잘못하다간 조직이 뿌리째 뽑혀 사라질 판이니까."

"……!"

깜짝 놀라는 양도수를 두고 박만호는 어디론가로 차를 몰왔다.

◇ ◆ ◇

웨에에에에엥

비상 나팔이 울리며 훗날 구파발 사단으로 입에 오르내릴
56사단의 병력이 5분대기조처럼 빠르게 움직였다.

더도 말고 덜도 말고 딱 2개 중대였다. 그것만도 지프 3대
에 60트럭 다섯 대.

위병소 문이 열리고 시내를 가로지른 차량은 채 20분도 안
돼 영등포 어느 건물 앞에 도착했다.

줄줄이 비엔나처럼 병력이 쏟아졌고 지프에서 내린 중대
장이 신속히 병력을 이동, 건물을 에워쌌다.

뒤늦게 천천히 내린 대대장이 명령을 내렸다.

"투입."

비명이 터졌다.

뭐라 할 새도 없이 날아든 전투화와 개머리판에 머리가 깨
지고 박살 난…… 문신한 덩치들이 피를 줄줄 흘리며 끌려 나
오자 무슨 일인가 구경하던 주변에서도 난리가 났다.

선글라스 낀 대대장은 태연하게 확성기를 들었다.

"아아, 너무 놀라지들 마십시오. 우리 사회를 좀먹는 암 덩

어리 제거를 위한 민군 합동 작전이니 선량한 시민께서는 평
상시대로 하던 일을 하시면 됩니다. 자, 이놈들 좀 보십시오.
몸이 도화지도 아닌데 이렇게 죄다 그림을 그리고 다닙니다.
아주 썩어 죽을 것들이지요."

마침 또 사이렌 소리가 나며 영등포 경찰서에서도 병력이
잔뜩 나온 터라 쿠데타 같은 것이 아님을 깨달은 시민들은 금
세 표정이 변해 작전에 호응했다.

'저런 것들은 평생을 못 나오게 해야 한다'며 소리쳐 줬고
칭찬에 기분이 좋아진 대대장은 쇼맨십을 발휘하며 인간 바
리케이드를 조금 느슨하게 하는 융통성을 발휘, 시민들이 더
잘 볼 수 있게 해 주었다.

그때 부관이 다가왔다.

"충성, 대대장님."

"어."

"여기에 명동에서 온 놈도 한 놈 끼어 있습니다."

"뭐, 명동?"

"넵, 자기는 손님으로 온 거라며 아무 잘못도 없다고 말하
기는 하는데……."

부관의 설명에 대대장의 입꼬리가 서늘해졌다.

"깡패 새끼가 손님이 어딨어. 필시 더러운 짓거리를 하려
모여들었겠지. 명동 놈들도 다 잡아들여."

"넵."

부관이 상황을 정리하러 가자 대대장은 영등포 경찰서장에게 갔다.

"잠시만 맡아 주십시오. 금세 정리하고 데려가겠습니다."

"예?"

"명동도 얽혀 있다고 합니다. 제가 받은 명령은 박멸이었습니다. 무슨 말인지 아시죠?"

"아, 알겠습니다. 그럼 이놈들은 저희 영등포 경찰서가 잠시 맡고 있다가 인계하겠습니다."

"협조에 감사드립니다. 아! 이번에 일을 제대로 해 주신 건 잊지 않겠습니다."

"아이고, 무슨 말씀을. 저희는 할 일을 했을 뿐인데요. 하하하하."

영등포 경찰서장의 입이 찢어졌다.

"아닙니다. 영등포 경찰서의 신속한 제보 덕에 일괄 소탕할 수 있었습니다."

"하하하하, 참…… 아차, 어서 출동하셔야죠. 이놈들은 걱정 마시고 어서 박멸하십시오."

"알겠습니다. 그럼 저흰 출동하겠습니다."

일전에 노태운의 지시를 받은 신 비서는 오필승 엔터테인먼트의 위치가 여의도임을 감안하여 영등포 경찰서에 오더를 내렸다.

잘 보호하라고. 무슨 일이 생기면 즉각 보고하라고.

명령받은 영등포 경찰서장은 형사들의 불만이 팽배하든 말든 2인 1개 조로 매일 로테이션을 돌렸고 오늘 오필승 엔터테인먼트에 일이 벌어진 일을 보고받았다.

그가 놀란 건 보고한 자신들보다 군인이 먼저 출동했다는 점이었다.

뭐 어쨌든 잠시 뒤면 명동을 지역으로 둔 중부 경찰서가 발칵 뒤집히겠지만, 그가 신경 쓸 일은 아니었다. 관할이 아니니까.

명동의 한 고옥.

마당 내부 아담하게 마련된 정원 한편엔 싱그러운 초록빛을 띤 식물들이 한창 잘 자라고 있었다.

볕도 잘 들고 비도 때마다 잘 오는 터라 무럭무럭 자라기만 하면 되는 좋은 환경이었으나 강퍅한 인상의 노인이 자꾸만 가위로 가지치기해댔다.

"시기가 맞지는 않지만 늦었더라도 이렇게 쳐 줘야 해. 나무를 모르는 사람들은 마냥 놔두면 좋은 줄 알지만 이렇게 쓸데없는 가지를 쳐 주지 않으면 자기가 줄기인 줄 안단 말이야. 종래에는 너무 무거워져 줄기까지 위협한단 말이지. 때마다 이렇게 싹싹 쳐 줘야 본 줄기가 튼튼해지고 수형이 예뻐져."

"……."

그의 뒤에는 청년에서 중년으로 넘어가는 남자가 한 명 서 있었다. 나이대를 감안하더라도 남자는 날씬했고 가벼워 보였다. 다만 이마에서부터 콧등, 볼로 이어지는 기다란 흉터가 무척 사나웠다.

"몹쓸 년이 튀어나오는 바람에 여럿, 목숨이 날아갔어. 우리 쪽 손해가 얼마지?"

"270억입니다."

"내 돈이 270억이나 들어갔는데…… 고작 15년형이라는 거지?"

"40만 달러, 800만 엔, 1억6천만 원을 몰수했답니다."

"……6천억에서 고작 그걸 찾았다고?"

"비호세력이 여전히 강성합니다."

"돈 먹은 놈들은 놔두고 돈 준 년만 처 잡으니 그렇겠지."

"……."

"계속 지켜보거라."

"예."

그때 뒤에서 조심스럽게 다가온 이가 남자의 귀에 작게 소곤거렸다.

급히 물러났고 남자는 노인에게 말했다.

"어르신."

"말해라."

"잠시 몸을 피하셔야겠습니다."

"……?"

"지금 군인들이 명동으로 출동했다고 합니다."

"군인들이?"

눈썹이 치솟는다.

"예."

"명동성당을 넘어섰나?"

"아직 아닙니다. 태호파 근처만 에워싸고 있다고 보고받았습니다."

"날 노린 게 아니군."

"아~ 그렇군요. 알겠습니다. 무슨 일이 있는지 파악해서 다시 보고 올리겠습니다."

"오냐. 다녀오너라."

"여기야 우리 집."

한태국이 자신 있게 데려간 곳은 조그마한 상가 건물이었다.

꼭대기에 주인이 살고 아래층은 세를 주어 사는…… 1층과 2층은 상가. 3, 4층은 월세, 지하는 유도 체육관으로 만든 과거식 주상복합이었다.

생각보다 대단해 깜짝 놀랐다.

건물주 아들일 줄이야.

"의외로 부자네."

"응?"

"아니."

"가자."

한태국은 곧바로 지하로 내려가려 했다.

얼른 잡았다.

"왜?"

"다른 사람 집에 갈 때는 뭐라도 들고 가야 해."

"뭐?"

"잠깐만 기다려 봐."

둘러보니 마침 점빵(가게)이 하나 있다.

선물용 훼미리 주스를 샀다.

계단을 몇 발짝 내려가기도 전에 기합 소리가 들렸고 쿵하고 무언가 떨어지는 소리가 울렸다.

박력이 쩔어 순간 집으로 돌아갈까 진심으로 고민됐지만, 강희철이 어딘가에 있을 테니까 그를 믿었다.

"아빠~."

문을 열자마자 책가방을 던진 한태국은 여느 1학년처럼 달려가 다부진 체격의 어떤 남자에게 안겼다.

남자는 40kg이 넘는 한태국을 번쩍 들어 올려 빙빙 돌렸다.

"아하하하하하~."

어릴 때부터 자주 저러고 놀았는지 녀석은 하나도 무서워하지 않았다.

"우리 애기가 친구 데려왔어?"

"응, 얘가 장대운이야. 얘는 최연주고."

"오오, 네가 장대운이구나. 어서 와라. 여기 박 사범, 애들한테 맞는 도복 좀 꺼내 줘."

"예."

으응? 맥락도 없이 갑자기 웬 도복?

거부할 틈도 없었다.

태국의 아버지보다 더 젊고 덩치도 더 크고 우락부락한 박사범이라는 사람은 다짜고짜 우리에게 도복을 입히고 또 '너구나'하며 피식 웃었다.

아무래도 잘못 들어온 모양이다.

"자, 준비 운동하자."

또 뭘 어떡할 새도 없이 태국이 아버지는 우리 앞에서 유도식 스트레칭을 시작했고 한태국은 자연스럽게 따라갔다. 어서 하라는 눈빛에 나도 따라 하긴 했는데 최연주는 무슨 잘못인지.

그래도 곧잘 하는 걸 보면 역시 여자는 유연성이 좋은가 보다. 아니다. 다리가 진짜 쫙쫙 잘 찢어진다. 얘도 어릴 때부터 지금까지 태권도를 수련 중이란다.

'후우~.'

준비 운동이 끝나자 태국의 아버지는 나와 한태국을 마주
보게 세웠다.

"대련하자."

"예!"

한태국은 신나서 대답했고 나는 어이없어 되물었다.

"예?"

"아차차, 넌 네 마음대로 해도 돼. 굳이 유도가 아니라도 말
이지."

"……."

그제야 여기 들어오면서부터 느낀 일련의 위화감들이 어
떤 의미였는지 깨달았다.

"아저씨, 지금 싸움 붙이는 거예요?"

"여기선 관장님이라고 해야지."

"우리 관장님 아닌데요?"

"그런가? 근데 너 관장님이 계셔?"

"그럼요. 그리고 저 유도 배우러 온 거 아니에요."

"하긴. 그럼 너 부르고 싶은 대로 불러. 아저씨라고 불러도
좋다. 네 솜씨가 좋다길래 아저씨가 한번 구경하고 싶어서 그
래. 해 줄 수 있어?"

"전력으로요?"

"전력이라면…… 저번은 봐줬다는 거야?"

"당연하죠. 친구를 상대로 전력을 다하면 안 되죠."

"그……러네. 그럼 오늘 전력을 다해 줄 수 있어?"

"그거야 어렵지 않은데. 태국이가 낙심할 텐데요. 저는 이것저것 다 해요."

주먹을 들어 올려 보여 줬다.

내 주먹을 보던 태국이 아버지는 조심히 물어봤다.

"혹시 복싱을 배웠니?"

"복싱…… 으음……."

이게 살짝 애매했다. 복싱을 하긴 했는데 완전히 복싱이라고 하기는 어렵고 킥을 사용하니 킥복싱이라고 하기에도 살짝 모자랐다.

그냥 보여 주는 게 낫겠다 싶어 잽과 스트레이트, 훅으로 이어지는 펀치 콤비네이션과 더불어 로우킥, 미들킥, 하이킥까지 휘둘러 줬다.

"그나마 분리한다면 주먹은 복싱류고요. 다리는 무에타이 쪽에 가까워요. 팔꿈치도 사용하니까 무에타이가 맞겠네요. 아무튼 다 섞였어요."

"복싱과 무에타이라. 이걸 다 수련했어?"

"그렇죠."

"혹시 유도 같은 잡기 기술은 안 했어?"

"그것도 했죠."

더 노골적인 주짓수라고.

아무래도 주먹 쓰는 폼이 예사롭지 않게 보였던지 태국이 아버지는 잡기로만 해 줄 수 있겠냐고 물었고 나도 응낙했다. 국가대표급이 아닌 이상 접근전에서 내가 밀릴 일은 없었다.

대련이 시작됐고 한태국이 내 옷깃을 잡으려고 달려드는 순간 무릎으로 미끄러져 들어가 태클.

넘어지지 않으려 버티려는 한태국을 중심이동만으로 쓰러 뜨리고 마운트 포지션을 잡았다.

연속된 쉐도우 파운딩에 기가 질릴 때쯤 슥 빠져나와 니바 와 초크 기술을 반복해서 선보이니 체육관에 있던 모두가 입 을 떡 벌렸다.

"너…… 그거 뭐냐?"

내가 너무 나댔나?

이런 분위기를 만들려는 건 아니었는데.

"너 그거 뭐야? 그런 건 대체 어디에서 배웠어?!"

"으음, 그게……."

"말해 줘. 말해 줘. 난 이런 거 처음 본다."

들러붙어 오매불망이라.

말할 수밖에 없었다.

"굳이 표현한다면 종합류라고나 할까요?"

"종합류…… 그러네. 복싱과 무에타이에 레슬링에, 그 꺾 기는 뭐지?"

"관절기죠. 작은 사람이 큰 사람을 이길 유일한 방법이요."

"작은 사람이 큰 사람을 이길 유일한 방법…… 대운아, 대운이라고 했지?"

"예."

"너희 관장님…… 말이야. 이 아저씨가 한 번 뵐 수 있겠니?"

"못 봬요."

"왜?!"

"돌아가셨어요."

"뭐?!"

"있는 힘껏 턱을 돌려도 뇌 한 번 안 흔들릴 것 같은 강골이었는데요. 허망하게 교통사고로 돌아가셨어요. 이 요상한 걸 저한테 남기고요."

뒷얘기는 들리지도 않는지 태국이 아버지는 털썩 주저앉았다.

전신으로 뿌려지는 실망감이 체육관을 덮을 정도였다.

"……."

이 양반도 이쪽 계통이었던가?

단순히 유도에 일생을 바친 게 아니었던가?

가끔 최강을 향한 바보들을 만날 때가 있었다.

강함에 대한 끝없는 집착으로 미쳐가는 놈들.

사실 종합격투기는 그런 질문에서 시작됐고 세계적으로 꽃피웠다.

'이 아저씨도?'

그렇다면 저 같은 허탈감이 이해되었다.

왜 안 그러겠나?

정체된 무술의 새로운 가능성을 봤는데.

'아마도 이때부터 심해졌지?'

사자와 호랑이가 싸우면 누가 이길까?

거북이와 조온련이 헤엄치면 누가 빠를까?

2반 짱 대 3반 짱이 붙으면 누가 이길까?

이종의, 각 계열의 무술가가 한데 모이면 어떤 무술이 가장 강할까…….

일본에서는 1976년에 이미 안토니오 이노키와 무하마드 알리라는 세기의 대결이 이뤄진 적 있었다. 브라질에서는 발리 투도란 이름으로 무규칙 격투가 진행되고 있었다. 그 결과로 1993년 UFC1이 개최되었고 호이스 그레이시란 걸출한 인물이 탄생했다.

무는 것과 눈 찌르기 외 모든 공격이 가능했던 시대.

넘어진 상대에게 잔인한 사커킥을 날리고 고간 차기도 심심찮게 벌어진다. 체급 구별도 하지 않았다. 무술가들은 그야말로 맨몸으로 자기가 수련한 무술을 믿고 부딪쳤고 자신을 증명해야 했다.

태국이 아버지에게서 그런 종류의 열망이 느껴졌다.

진한 갈증이, 그만큼의 안타까움이 말이다.

결국 돌아갈 때까지 그는 정신을 차리지 못했다. 박 사범이 따로 우리를 데리고 낙법 몇 개와 잡기 기술 몇 가지를 가르쳐 주는 것으로 끝.

짜장면을 시켜 주긴 했다. 박 사범 돈으로.

나도 뭔가 스위치를 누른 듯한 기분에 찝찝하긴 했는데.

아니겠지. 아니겠지. 애써 외면해봤다.

돌아가자마자 잊었고 내 사정도 태국이 아버지 신경 쓸 계제가 아니었다. 회사에 보통 난리가 난 게 아니었고 온통 뒤숭숭했다.

출근하자마자 지군레코드 사장이 달려왔다.

"예?!"

"지난 토요일에 깡패들이 쳐들어와서 김 실장을 위협했다."

"뭐요?!"

벌떡 일어나니 지군레코드 사장이 다시 앉혔다.

"털끝 하나 다치지 않았어. 걱정 말고. 지금은 일을 풀어가는 게 더 중요해."

"또 뭐가 있어요?"

"여기 쳐들어온 놈들이 영등포 식구들인데 토요일에 군인들이 출동해서 다 쓸어 가 버렸어. 명동 쪽도 박살 났다고 하더라고."

이건 또 무슨 소린지.

"그런데요?"

"그런데요? 라니. 너 몰랐어?"

"저야 토요일에 친구 집에서 놀았고 일요일은 집에만 있었는데요. 오늘 출근해서 사장님께 처음 들었어요."

"아아, 몰랐구나. 아니, 그뿐이 아니야. 내가 그날 와서 박 진명이란 놈을 잡아 작당한 놈들을 찾았는데 그놈들도 일요 일에 죄다 끌려갔어. 이것도 몰라?"

"예."

"허어⋯⋯."

지군레코드 사장은 입을 떡 벌렸지만, 이유가 어찌 됐든 나는 다행이라 생각했다. 우리를 해코지하려는 놈들이 죄다 잡 혔다는데 무엇이 문제일까.

그때 지군레코드 사장이 내 손을 잡았다.

"대운아."

"예."

"걔들 구할 사람은 너밖에 없다."

"예?!"

"깡패들은 몰라도 걔들은 더 놔두면 안 돼."

"왜요? 저 해코지하려고 작당했다면서요."

이해할 수 없었다. 적은 쳐내는 게 맞다. 그리고 그걸 제일 잘 아는 사람이 지군레코드 사장이었다.

머뭇대던 지군레코드 사장은 결국 털어놓았다.

"후우⋯⋯. 그게 일이 아주 엿같이 꼬였어."

"뭔데요?"

"그중 둘이 명동 큰 손이랑 엮여 있어. 더 놔뒀다간 죄다 곤란해진다."

"무슨 말씀이세요? 좀 알아듣게 설명해 주세요."

"알았다. 알았어. 저기 명동이 사채시장으로 유명한 건 알아?"

"그야…… 예."

"거기 명동의 대부랑 닿은 애들이 둘이나 껴 있다. 그쪽은 나도 커버가 안 돼."

이제야 그가 아침부터 선불 맞은 멧돼지처럼 찾아온 이유를 알 것 같았다.

명동의 사채꾼이란다.

그것도 대부라 불리는 거물이 연관됐다고.

다루는 돈 단위가 다르다는 건 부리는 사람의 양과 질이 다르다는 것.

사채 시장은 가요계보다 훨씬 더 직접적이고 노골적인 세계였다. 그런 곳에서 20년 이상 뿌리내린 힘을 단지 '그럴 것이다'라는 유추로 판단해서는 절대 안 된다. 이들은 유신 시대, 군부 정권에서도 살아남았고 저력을 품고 있었다.

"둘을 빼내야 한다는 거예요?"

"아무래도 신경 쓰여서. 그 노인네가 움직이면 다들 피곤해져."

지군레코드 사장의 걱정이 무엇인지는 알겠다.

하지만 건드린 건 내가 아닌 그들이다.

그것도 내가 없는 사이 나의 귀중한 사람을 잡고 겁박했다.

대가를 치르는 중이라지만 나도 곱게 넘어갈 생각은 없었다. 설사 상대가 사채 시장의 대부라도 받을 건 받아 내야 한다.

일일이 설명할 필요를 못 느껴 화제를 돌려봤다.

"사장님, 공사는 어떻게 되고 있어요?"

"엉?"

"장비 들여오는 거요."

스털링 사운드의 인가를 받은 녹음 장비가 미국에서 도착했다. 작년, 계약을 맺고 출발한 엔지니어들도 속속들이 들어오고 있었다.

"그거? 애들도 돌아왔고 6월 초면 세팅이 끝날 거야."

"그럼 별국화부터는 24채널로 녹음할 수 있겠네요. 3호실 1호 가수로 별국화 어떠세요?"

"나야 좋긴한데……. 그것 말고 그냥 뭉개려고?"

"그거야 상대편이 어떻게 하는지 보고 움직여도 늦지 않죠. 지레 겁먹어서 다 까 주는 건 체질상 맞지 않고요."

"하지만 대운아."

"무슨 걱정인지 알아요. 그러나 하나는 확실히 하셔야 해요. 절 더 건들면 그도 더 이상 평화로운 삶을 누리지 못할 거예요."

"……."

"사장님?"

"……."

"다른 관점으로 봐주세요. 공격당한 쪽은 우리잖아요. 배후가 누군지 알았으면서도 제가 지금 가만히 있는 건 명동 큰손이라는 양반이 이런 일에까지 관여할 리 없다 생각해서예요. 아닌가요?"

"……그렇겠지. 알았다. 나도 그럼 일단은 관망하마. 그나저나 진짜 사갈 같은 년이야. 뒤에서 이런 짓을 꾸미다니."

한백이 얘기였다.

"전 동조한 놈들도 꼬임에 넘어갔다 생각하지 않아요. 어쨌든 그놈들도 이익이 되니까 덤볐을 테니까요."

"그렇겠지. 알았다. 더 봐줄 게 없다는 거로 알고 있을게."

"고마워요."

지군레코드 사장의 손을 잡았다.

"왜?"

"감사해요. 사장님이 아니었으면 우리 김 실장님이 위험할 뻔했잖아요."

"에이, 놔둬라. 보니까 김 실장 강단도 보통이 아니던데. 사람 괜찮더라."

"그래도 길이길이 보답하겠습니다."

꾸벅 허리를 굽혔다.

"으음…… 알았다. 알아준다니 나도 고맙지. 난 이만 가 보마."

"예, 조심히 돌아가세요."

큰소리치긴 했으나 나도 긴 한숨이 나왔다.

상대가 너무 컸다.

의도치 않게 군인이 나서는 바람에 일방적으로 끝났다지만 위험한 순간이었다.

게다가.

군부정권의 무서움이 다시금 새롭게 다가왔다.

"이거 계속 신세지네. 놓을 수도 없고 삼키지도 못하는 것이……."

같은 배를 타기엔 반대급부로 다가올 위험성이 너무 컸다. 그렇다고 매몰차게 밀어 버리기엔 주는 달콤함이 너무 좋았다.

어쨌든 도움은 받았고.

인사는 해야 했다.

이는 내 실책이기도 했다.

앞만 보며 달리는 바람에 주변을 살피지 못했으니까.

전화기를 잡았다.

"여보세요. 예, 저예요. 이번에 일을 봐주셨죠? 여태 지켜 주고 계신 줄 몰랐어요. 감사합니다. 덕분에 일이 쉽게 풀렸어요. 예예, 말씀 좀 전해 주세요. 감사하다고. 제가 계속 생각하고 있다고요. 예예, 신 비서님도 감사해요. 잊지 않을게요. 예예, 들어갈게요."

어쨌든 일은 벌어졌다.

고민스러웠다. 앞으로 이 바닥을 어떤 식으로 대해야 할까.

난감함은 잠시, 고민은 금방 끝났다.

입소문은 무서웠고 이 일이 가져다준 파장 또한 그럴 테니까.

"내가 따로 할 게 없겠구나."

나름대로 결론 내린 난 김연을 찾아가 어디 생채기라도 난 곳이 없는지 꼼꼼히 살폈다. 티끌 하나 다쳤다면 백 배, 천 배 갚아 줄 거라고 앞에서 으름장도 놓았다.

김연은 황송해 했고 자기는 염려 말라며 도리어 나를 걱정했다.

서로 아껴준 우리는 우리 두 사람의 마음을 다시 한 번 확인하는 계기로 삼았다.

이후 일은 순조로웠다.

김현신과 김현신의 매니저로 정식 계약한 그의 아내 김경희와 함께 김연은 따끈따끈한 앨범을 들고 방송국을 돌아다니며 홍보하였고 어느새 라디오에선 수와 준의 '새벽 아침'이 흘러나왔다. 특히 아침 라디오에서 신청하는 횟수가 부쩍 상승 중이다.

특정 타겟을 위해 내놓은 곡은 아니었는데 아침을 여는 시장 상인들에게서 먼저 반응이 오기 시작했다. 나야 뭐, 어디로 가든 서울만 가면 되니 대만족.

물론 암초는 늘 있었다.

회사 일은 아니었고 잠깐의 외도가 불러온 나비효과였다.

누구 아버지 때문에 부쩍 피곤해졌다.

"나 알지? 태국이 아빠. 너랑 할 얘기가 있어서 찾아왔다."

"얘야, 어른이 말씀하시는데 얘기는 듣고 가야지."

"아니, 그러지 말고 잠시만 얘기하면 된다."

"대운아, 잠깐만 시간 내줘~."

"대운아, 대운아~~."

그날 이후 한만태가 체통도 잊고 매일 찾아왔다.

체육관도 유도에서 종합격투기로 바꿀 거란다. 그러니 제발 기초 잡을 동안만 도와달라고.

아무리 거절해도 매일 매달렸다. 태국이도 어느새 아버지와 한편이 되어 졸라 댔다.

실전 유도의 위대함을 세상에 알리고 싶다나 뭐라나.

포부를 밝히는 눈이 반쯤 미쳐 있었다.

좋은 말도 한두 번이라 우악스러운 남자 어른과 덩치 큰 남자아이 두 사람이 액체 괴물처럼 달라붙는데 나도 슬슬 짜증이 올라왔다.

아프게 내뱉고야 말았다.

"실전 유도는 무슨 실전 유도예요. 실전 격투기도 아니고."

"왜?! 실전 유도가 얼마나 무서운데."

"뭐가 무서워요. 일반인한테나 어깨에 힘주지 똑같이 수련한 격투가를 만나면 개박살 나는데."

"뭐라고?!"

발끈하나.

나는 다 봤다.

타격기를 익히지 않은 유도가가 얼마나 맥없이 쓰러지는 지를.

스크라이커.

타격가들의 임팩트는 마냥 맞고 들어갈 성질이 아니었다. 한 방에 정신이 아찔, 그 순간 경기는 끝난다.

"맞잖아요. 일반인들 상대로나 우쭐대지 동급 격투가를 만나면 십 중 십 다 박살 나요."

"말도 안 돼. 옷깃만 잡으면……."

"격투가끼리의 대결에 누가 옷을 입고 들어와요. 그리고 격투가가 바보예요? 들어오는 걸 그냥 놔두게. 한 방이면 번쩍 턱이 돌아가고 멈칫대는 순간 끝나는 거예요. 이럴 때는 차라리 레슬링이 더 유효해요. 알았어요?"

"우리 유도가 레슬링보다 못하다고?! 넌 어떻게 유도를 그렇게 무시할 수 있어?"

"무시 안 해요. 유도는 전장에서 태어난 무술이잖아요. 근 1천 년간 춘추 전국 시대를 겪은 일본 무사가 칼을 잃었을 때를 대비해 개발한 맨손 무술이 쉽겠어요? 도리어 더 흉악하겠지. 유도나 유술이나 같은 뿌리 아니에요?"

"……."

"그런데 지금은 뭐예요? 상대를 한 방에 제압할 필살기는 커녕 쓸 만한 공격기도 없잖아요? 태권도는 발차기라도 남았지. 유도는 메치고 누르고 그게 끝이잖아요?"

"그래도 넘어뜨리고 뭉개면……."

"그러니까 일반인한테나 통한다고요. 격투가들의 아니, 타격가들의 펀치가 얼마나 빠른지 모르세요? 두 눈 뜨고 있는데도 안 보여요. 이게 의기만 가지고 덤빌 일이 아니라고요."

막 쏴붙였다.

결국 한만태는 어깨를 늘어뜨리며 돌아갔다.

그러고 며칠은 조용했다.

너무 따끔하게 혼냈나 싶어 나도 슬슬 궁금해지던 판에 한만태가 다시 나타났다. 얼굴에 온통 반창고를 붙이고.

왜 그러냐고 딱 쳐다봐주니 잔뜩 풀죽은 모습으로 옆에 앉았다.

"네 말이 맞더라. 뭐가 번쩍번쩍 정신 차려 보니 누워 있더라. 상의를 벗으니까 잡을 데도 없고 목을 잡아도 뿌리치면 풀려나고 턱은 돌아가고 배 맞으면 숨이 턱 막히고 결국 실컷 얻어맞다가 끝났다."

"……."

"나 못났지?"

"……."

"그런데도 너무 하고 싶다. 네가 좀 도와주면 안 되겠니? 나로선 방법이 없다."

유도 쪽에선 그래도 이름값 좀 날리는 사람일 텐데.

하지만 이종격투기로 넘어오며 좌절을 느낀 사람이 비단 이 사람뿐일까.

씨름도 레슬링도 권투도 전부가 다 그랬다. 아니, 서양 애들의 압도적인 피지컬은 또 어떻고.

그때 또 슬그머니 이런 생각이 들었다.

지금 시작한다면 일본 정도는 이길 수 있지 않을까?

물어봤다.

"진짜 배우실 생각이세요?"

벌떡 일어난다.

"가르쳐 주면 뭐든 할게!"

"정말이죠?"

"응, 얻어맞고 나서 계속 생각했어. 내가 안이했더라고. 강해지고 싶다면서 유도에만 집착했어."

맞다. UFC 무대에 오르는 격투가들은 대부분 베이스 외 몇 가지 무예를 더 익혔다.

"알았어요. 그럼 킥복싱이나 무에타이부터 배우세요."

"킥복싱? 무에타이?"

"평생 주먹질만 한 복싱 선수를 주먹으로 어떻게 이겨요. 유도의 움직임으론 복싱 선수의 풋워크를 따라잡을 방법이 없어요. 그렇다면 하나밖에 없잖아요. 다리를 무너뜨리는 것. 태권도 발차기가 가장 빠르고 강력하긴 한데 주먹질이랑 방어법도 한꺼번에 배우려면 킥복싱이나 무에타이가 좋아요. 주먹과 발차기에 임팩트를 실을 수 있으면 복싱의 하체를 무너뜨릴 수 있죠. 기동력이 상실된 상대야 뭐……."

"킥복싱?! 알았어. 일단 그것부터 수련할 게. 근데 계속 보러 올 거지?"

"왜요? 계속 넋 놓고 계시던데."

"아니야. 이번엔 내가 요리도 해 줄게. 그때 충격이 너무 컸어."

"알았어요. 나중에 태국이 따라갈게요."

"알았다. 하하하하하, 태국아, 가자. 선생님이 허락하셨다. 이제 열심히 운동만 하면 된다."

금세 기가 살아나 한태국을 어깨에 짊어지고 가는 한만태를 보는데 어째서인지 우리 아버지의 등이 떠올랐다.

"……."

왜 이럴까.

그러고 보니 딱히 업혀 본 기억이 없었다.

아니다. 딱 한 번 업혀 본 기억이 있었다.

몸살 난 나를 업고 병원에 간 적이 있었는데.

그때 등이 참 넓고 포근했던 것 같다.

"지금 어디에서 무얼 하고 계시려나."

여러모로 충동적이고 사고만 치는 아버지이긴 하나 난 그런 아버지라도 아주 많이 좋아했다.

더 어렸을 땐 우리 아버지가 세상에서 제일 센 줄 알았다.

경외했고 아버지가 내 아버지인 게 자랑스러웠다.

"후우⋯⋯."

"한숨을 쉬네요. 싫지 않으신 것 같아 막지 않았는데 너무 귀찮습니까?"

강희철이었다.

어디에서 지켜보고 있다 나타난 모양.

"아니에요. 저 아저씨 때문이 아니에요. 다른 일 때문에 그래요."

"그런가요?"

"가요. 할머니 기다리겠어요."

막 움직이려는데 또 누가 앞을 막아섰다.

짧은 스포츠머리에 중절모, 짙은 회색빛 두루마기를 두른 노인이었다. 뒤에는 위아래로 검은색으로 일통된 정장의 남자가 서 있었는데 얼굴 흉터가 아주 강렬했다.

"네가 장대운이니?"

내 이름을 안다.

"⋯⋯할아버지는 누구세요?"

"나? 나는 함홍목이라는 사람이다."

"⋯⋯?"

갸웃대는 사이 강희철이 내 앞을 막아섰다.

그런 강희철을 보며 함홍목이라는 노인의 미간을 찌푸렸다.

"자네는 누군데 내 앞을 막아서는 겐가?"

"대운이 삼촌입니다. 누구시길래 우리 대운이 이름을 아시죠?"

"이 아이의 삼촌은 자네처럼 생기지 않았네. 이러는 자네는 누군가?"

"꼭 피를 나눠야 삼촌이 되는 건 아닙니다. 먼저 신분을 밝혀 주시죠."

강희철이 비켜설 생각이 없자 뒤에서 대기하던 흉터가 나서려 했다.

함흥목이라는 노인이 손을 드니 또 즉시 물러선다.

이 양반, 어느 조직의 보스인가?

"잠시 얘기가 하고 싶어 찾아온 걸세. 내 이름을 걸고 약속하지. 불미스러운 일은 없을 걸세."

"그렇다고 하셔도 제가 비켜 드릴 의무는 없습니다."

"자네, 무척 고집쟁이군."

"죄송합니다."

"아닐세. 그렇다면 내 다시 찾아옴세. 물론 그때는 초면이 아니니 자네도 괜찮아야 할 걸세."

이상한 논리를 펼치며 노인이 몸을 돌리자 흉터가 눈을 크게 뜨며 물었다.

"어르신, 돌아가시려는 겁니까?"

"할 수 없지. 저러는데 어쩌겠나. 나중에 약속 잡고 만나야지."

"하지만……."

"가세. 저이도 저이 나름대로 고충이 있겠지."

"알……겠습니다."

가려 하였다.

이 순간 난 왠지 이 노인을 그냥 보내면 안 될 것 같은 예감을 받았다.

"할아버지."

"응?"

"집에 갈 때까지 시간이 좀 있는데 같이 걷는 건 어떠세요?"

"……."

날 빤히 본다.

그러고는 입꼬리를 슬쩍 올린다.

버릇인가?

"낯선 사람을 집까지 데려가려고?"

"우리 삼촌이 어떻게 생겼는지까지 아는 분인데 집인들 모르겠어요?"

"허어…… 맞구나. 내가 분명 그런 말을 했어."

"천천히 걸으면 20분 정도 걸려요."

"……."

곧바로 대답 안 하길래 삐쳤나 했더니 다시 피식 웃는다.

"오냐. 너는 참 만나기 힘든 아이구나."

"때때로 달라요. 할아버지는 안 그러세요?"

"어허허허, 그러네. 맞다. 나도 때때로 다르다."

"갈까요?"

"허어……."

놀랍다는 표정이나 내가 먼저 걷기 시작하니 순순히 따라왔다.

뒤는 강희철과 흉터가 서로를 견제하며 따랐다.

"아무리 생각해도 저는 할아버지를 처음 보거든요. 할아버지는 저를 어떻게 아세요?"

"그야…… 조사했지."

"왜요?"

"나하고 이상하게 얽혔더구나."

"……?"

"내가 부리는 놈들이 주제를 모르고 날뛰었어. 그놈들이야 어차피 잘라 버려야 할 가지들이라 하나도 아깝지 않은데 너는 참 놀랍더구나. 궁금해서 참을 수가 있어야지."

아무래도 한백이 일과 연관된 모양이었다.

"혹시 그 명동에서 사채 하신다는 분이세요?"

"……나를 아니?"

"먼저 말씀드렸잖아요. 오늘 처음 뵌다고."

"하긴……."

"제가 궁금하시다고요?"

"그렇지."

"소감이 어떠세요?"

"내 살며 뛰어나다는 놈들 죄다 만나봤지만 너 같은 녀석은 처음이다."

"막 반짝반짝 빛나요?"

"그걸 제 입으로 말하는 녀석도 네가 처음이다."

"으음, 저도 할아버지가 슬슬 궁금해지네요."

"내가?"

요것 봐라는 표정이 나온다.

"조사 좀 해도 되죠?"

"그야…… 하거라. 나도 내 멋대로 조사했으니까."

살짝 미간이 찌푸려졌으나 이도 순순히 인정했다.

은근 스마트하다.

"감사해요. 하지만 전 할아버지 입으로 듣고 싶어요."

"내 입으로?"

걷는 동안 어느새 아파트 앞까지 왔다.

"점심 드셨어요?"

"점심이야……."

"같이 들어가요. 숟가락 하나 더 놓으면 돼요."

"……."

"제 청을 거절하시려고요?"

쳐다봐 줬다.

"아니구나. 너도 내 청을 들어 줬으니 나도 들어줘야겠지. 가자. 그나저나 이거 실례가 아닌지 모르겠구나."

"아니에요. 할머니는 집에 사람 오는 거 좋아하세요."

강희철과 흉터까지 다 데려갔다.

　할머니는 뜬금없이 두 사람을 더 데려오자 놀랐다가 또 흉터를 보고는 멈칫. 그러나 함흥목의 극진한 인사에 금세 풀어져 본 모습을 찾았다.

　"아이고야, 어서 오이소."

　"할매, 점심이요."

　"점심? 우짜면 좋노. 오늘은 간단히 물라 캤는데. 반찬이 별로라도 괜찮심니꺼?"

　"아이고, 괜찮습니다. 저흰 밥에 물만 말아 주셔도 잘 먹습니다."

　"무슨 말씀이신교. 우리 집에 찾아온 손님한테 그라믄 안 됩니더. 쫌만 기다리소. 내 반찬만 몇 개 더 꺼내믄 됩니더."

　오늘의 메뉴는 유부 콩국이었다.

　묽은 콩국에 유부와 길게 썬 우뭇가사리와 얼음을 동동 띄워 시원하게 먹는 음식인데 대구 칠성시장에 있을 때 간간이 먹었다.

　당연히 2000년대 유부초밥용 유부를 생각하면 안 된다. 80년대 유부는 까슬까슬 달달하니 아주 맛있다.

　급하게 나물 반찬 몇 가지가 더 올라왔고 식사 시작.

　입맛에 맞는지 유부 콩국을 그릇째 들고 마시는 함흥목을 보던 할머니는 다시 큰 대접이랑 고추장, 참기름도 가져왔다.

　"비벼 드시소. 나물 넣고 비비면 그게 비빔밥 아입니꺼."

"아이고, 맞습니다. 비빔밥이네요."

"여기 무나물하고 호박 나물하고 열무랑 넣고 비비면 됩니더."

"예, 예, 아주 맛있습니다."

함흥목이 신나서 나물을 덜고 고추장을 턱 올리자 할머니는 기다렸다는 듯 참기름을 슬쩍 부어 줬고 다음 타겟을 흉터 남자로 바꿨다.

"삼촌도 비빌 꺼지예?"

"아, 아예."

"자, 드시소. 팍팍 비벼야 맛있다 아입니꺼."

그러면서 본인도 한 대접 비비고는 조그만 밥그릇에 덜어 나에게 넘겨주었다.

한바탕 거한 식사 후 소파에 앉아 과일도 먹고 잠시 시간을 때운 우리는 슬슬 대화의 시간이 무르익으매 따라 둘만 이동했다.

내 방으로.

"지금까지 제 방을 거친 사람은 딱 두 사람이에요. 이젠 할아버지까지 세 명이 되네요."

"으응?"

단순히 방 구경시켜 준다고 생각한 모양인지 함흥목의 눈에 이채가 생겼다.

"특별한…… 방이더냐?"

"그렇죠. 여긴 보통 사람만 들어올 수 있거든요."

"보통 사람?"

"계급장 다 떼어 놓고 들어오는 곳. 시장 구석의 대폿집을 생각하시면 편해요. 눈치 안 보고 얘기하고 자리가 파하면 다 잊는……."

"호오…… 비밀의 방이라는 거냐?"

"은밀한 건 아니고요. 그냥 보통 사람끼리 자기 할 얘기하고 헤어지는 방이에요. 앉으세요."

"알았다."

함흥목이 보기에 피아노 한 대 외 아무것도 눈에 띄는 게 없는 방이었다.

국민학교 저학년답게 위인전도 있고 로봇 장난감도 있고 아기자기하게 꾸며 놓은 곳.

여느 평범한 가정집의 학생 방 같은…… 보고된 천재성은 어느 곳에도 보이지 않았다.

'그런 건가?'

특별할수록 평범 속에 숨으려 하니 그런 이치였던가?

보통 사람이라는 단어 속 내포된 의미도 왠지 그럴 것 같은 느낌이라.

여기까지 생각이 흐른 함흥목은 정신이 번쩍 들었다.

잘 대접받은 점심 식사와 이후 일련으로 이어진 일들이 만일 잘 짜인 계획이라면?

"……."

그러다 또 피식 웃었다.

'먼저 찾아온 건 나이거늘.'

늙으면 의심만 늘어난다고.

길 막은 것도 자신이고 대화를 요청한 것도 자신이다.

아이는 그저 응했고 내쫓아도 모자랄 판에 식사마저 대접
했다. 그리고 자기 방도 보여 주었다.

'보는 놈이 늘 그런 놈들이라 그런가. 호의도 마냥 편하지
않는구먼. 편하라고 자리를 마련해 줬는데도 제 버릇 못 버리
다니. 오늘은 완전히 졌구나.'

의도된 것이든 의도되지 않는 것이든 어떤 쪽에서도 밀렸
음을 깨달은 함흥목은 아예 긴장을 풀고 마음을 내려놓았다.
더구나.

"비록 오늘 처음 만난 사이라지만 얼마든지 친해질 수 있
잖아요. 몰라서 그렇지 알고 나면 나쁜 사람은 그리 많지 않
아요. 몇몇 미꾸라지 걱정이라면 안 하셔도 돼요."

가슴을 쿡 찌른다.

"으음……."

"할아버지 얘기를 듣고 싶어요. 현재 말고 과거를요. 어디
에서 태어났고 어떻게 살아왔는지 말이에요."

아까 한 약속이었다.

뒷조사한 사람의 입으로 직접 듣고 싶다고.

놀라운 아이였다.

"보통 사람이…… 이런 뜻이었니?"

"속에 품은 얘기는 다른 사람이 들어도 될 내용이 있고 안 될 내용도 있잖아요. 조심해야 하니까요."

"맞다. 나에 대해 아는 얘기도 있겠지만 모르는 얘기는 더 많지. 오냐. 말해 주마. 난 이북에서 태어났다. 함경도라고……."

3.1운동 때 태어났다고 했다.

남들 보릿고개 넘을 때도 끼니 걱정은 안 했으니 제법 유복한 가정에서 4남 3녀 중 다섯째로 태어났다고. 창씨개명으로 일본 이름도 가지고 있단다. 마을에서 제일 일본 말을 잘해 상도 받았다며 너털웃음을 짓는데.

그때는 기약이 없었다고 한다. 나라를 빼앗겼고 많은 사람이 대한제국은 가망 없다며 일제에 투항했다고.

그러던 어느 날 라디오에서 일본의 패망 소식이 들려왔다고 한다. 다들 얼떨떨해할 때 미군이 탱크를 몰아 들어왔고 세상이 또 바뀌었다고.

경성에서 일할 기회를 잡아 함경도에서 내려왔는데 얼마 지나지 않아 빌어먹을 전쟁이 터졌고 가족과 생이별했다며 눈시울을 적시기도 했다.

이후 고생은 이루 말할 수 없었다고 하였다. 국토 대부분이 박살 나 아무것도 남은 게 없는 땅에서 다시 시작했으니 굶는 건 예사고 희망도 별도리도 없었다고.

닥치는 대로 일을 했다고……. 시다부터 공장 직공에 미군

운전수까지 연이 닿는 건 무조건 손에 움켜쥐었다고.

돈을 많이 벌어야 했다고.

돈이 있어야 나중에 가족을 찾으러 갈 수 있을 거라 생각했다며 악착같이 모으기만 하던 그가 명동으로 들어온 건 아주 우연한 기회였다고 하였다.

일수 떼던 친구를 사귀었고 그에게 돈놀이를 배운 것.

초반엔 경험이 없어 많이 떼였단다.

덩치가 작으니 무시당했고 돈 받으러 갔다가 호되게 맞고 나오는 경우도 부지기수였다고.

"사람 보는 법을 몰랐지. 갚을 것 같아서 빌려주면 이런 양아치가 없어. 혹시나 하고 빌려준 놈은 또 차곡차곡 잘 갚았어. 죽을 고비도 많이 넘겼지. 대낮에 칼과 도끼 들고 쳐들어오는 놈들도 있었으니까. 지금에야 정착됐다지만 초기 명동 거리는 무법지대였다."

"대단하시네요. 그렇다면 할아버지가 쌓아 올린 탑은 할아버지 피땀에서 비롯되었겠네요."

눈이 커졌다가 다시 스르르 반개한다.

"그렇게 봐준다면 좋지만, 세상사 피땀 없이 되는 일이 있더냐? 어느 분야든 일가를 이룬 사람은 대부분이 그럴 것이다."

"동의해요. 하지만 나이 먹는다고 다 어른이 되는 건 아니잖아요. 이건 외적 성공과는 별개의 문제죠."

"으음, 그건 네 말이 맞다. 제 버릇은 개에도 못 주거든."

317

"할아버지는 아직도 가족이 그리우세요?"

움찔.

"아니다라고는 말 못하겠다. 지금도 드문드문 생각난다."

"저도 그래요. 저는요, 저희 부모님이 이혼할 걸 알았거든요."

"……그래?"

"이혼하면 벌어질 일이 눈에 선했어요. 자기 몸도 하나 건사 못하는 아버지가 절 어떻게 데리고 살겠어요? 틀림없이 시골에 처박을 테고 전 의무만 있는 세상을 강요받았겠죠. 무지막지한 학대와 함께."

"학대? 그걸 어떻게 장담하지?"

넌 할머니와 삼촌이 있잖아. 라는 눈이다.

"형이 벌어다 준 돈으로 도박에 술에 흥청망청한 놈에게 양심을 기대하는 건 무리죠. 아시잖아요. 한 번 쌓인 독은 잘 빠지지 않는 것."

"독이로구나. 그래, 독이야."

자기 무릎을 탁 친다.

"할머니만 간신히 챙겼어요. 놔두면 평생을 홀로 외롭게 살다 돌아가실 분이세요. 그걸 아는데 어떻게 외면하겠어요?"

"그럼 부모님은?"

"아직 혈기가 넘치잖아요. 더 고생해서 더 꺾이고 더 낮아져야 말이 귀에 닿을 거예요. 제 맘, 이해되세요?"

"충분히 이해한다."

"그래서 전 제 것에 아주 민감해요. 할아버지도 저랑 비슷한 것 같은데 아니세요?"

"그것도 맞다."

"중간에 멈출 수도 없어요."

"나도 그렇다."

"할아버지랑 다른 길을 걸어서 다행이라는 생각이 드네요. 안 그랬음 친구로 사귈 기회도 없었을 것 같아요."

"친구?"

"할아버지 친구 없죠?"

"……."

"없겠죠. 주위는 늘 하이에나들만 넘쳐나니까."

"크음……."

"가끔 놀러 오세요. 우리 할매 밥을 드셨으니 올 자격은 충분해요."

"……."

대화를 통해 오늘의 만남이 그의 변덕 때문이란 걸 난 알았다.

함흥목은 끝까지 친구하겠다는 말은 하지 않았지만 아마도 머지않은 시일 내에 그가 다시 찾아올 거란 것도 난 알았다.

외로운 사람은 외로운 사람을 알아보는 법.

그는 외로웠고 나도 외로웠다.

그가 가진 외로움이 잠시 나와 동류가 아닐까 생각해 보았

으나 금세 고개를 털었다. 나랑은 완전히 달랐다. 내 고독의
본질은 오직 나만이 아는 것에서 출발하니.

　얻은 건 분명 있었다.

　적어도 나에 대해 판단할 때 한 번은 더 생각하겠지. 밥 얻
어먹은 값이 있으니까.

〈5권 끝〉